# 뷔페 접시

# 뷔페 접시

이다감
글·그림

# 차례

# 1장

O

그의 가장 큰 장점은, 모든 여정을 즐겼다는 거예요.
언제고 그를 본 사람은 이렇게 말했을 거예요.

"그는 춤을 추고 있었어."

1

여기에 우리의 주인공이 있어요.

그렇게 두껍지는 않지만 그다지 얇지도 않은, 이 책을 가득 채운 주인공 말이에요.

그는 크리스털 큐빅이 오백 개가 넘게 박힌 샹들리에도 아니고,

인기 많은 홀 서버 알렉스도 아니에요.

고급스러운 모양새의 등받이를 가진 의자도,

네덜란드에서 들여온 빈티지 화병도 아니에요.

그는 아름다운 무늬나 색을 가지고 있지도 않아요.

그 흔한 작은 올리브 열매 문양조차 없죠.

그는 희뿌옇고 동그래요.

몸뚱이는 쫙 펼친

어른의 손을 가릴 만큼 넓적하죠.

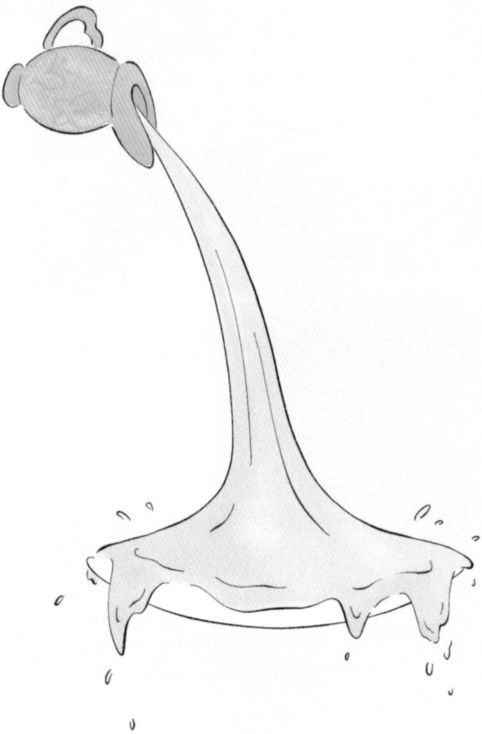

납작한 몸 가운데는 야트막하게 파여 있는데,

그렇다고 물을 담아 마실 만큼 깊진 않아요.

옆에서 그를 보고 있자면,

사람들의 미소 짓는 입꼬리를 닮기도 했어요.

그는 이 뷔페의 접시예요.

이 책을 읽는 사람들은 궁금할지도 몰라요.

'왜 접시가 주인공인 거지? 그라고 부르는 것조차 어색한걸?'

하지만 그도 우리처럼 이미 특별해요.
세상에 하나뿐이니까요.

그가 이 책의 주인공이에요.

뷔페에서 일하는, 우리의 접시.

2

뷔페 접시는 매일 다른 손님을 만나요.

접시는 손님이 마음껏 음식을 퍼 담을 수 있도록 몸을 내어 줘요.

뷔페엔 마흔 가지가 넘는 음식이 있고 모두 맛이 달라요.

음식마다 온도도 촉감도 모두 다르죠.

차갑고 쫀득한 젤라토 아이스크림부터 갓 구운 버섯 버터구이까지 있어요.

손님들은 먹고 싶은 음식을 접시에 담아요.

접시는 거부하는 일이 없어요.

그저 동그란 몸이 가득 찰 때까지 음식을 담아요.

감자 그라탱, 두부 롤, 볶음밥과 하와이언 피자
비프 샌드위치, 고구마 유자 맛탕과 시금치 카레
청포도 샐러드, 감자 단호박 뇨키와 굴찜
작은 그릇에 담긴 밤 수프, 로제 크림 파스타와 구운 채소
거봉, 멜론과 찻잔에 담긴 레몬그라스 티

단 한 번도 똑같은 음식이 담긴 날이 없어요.

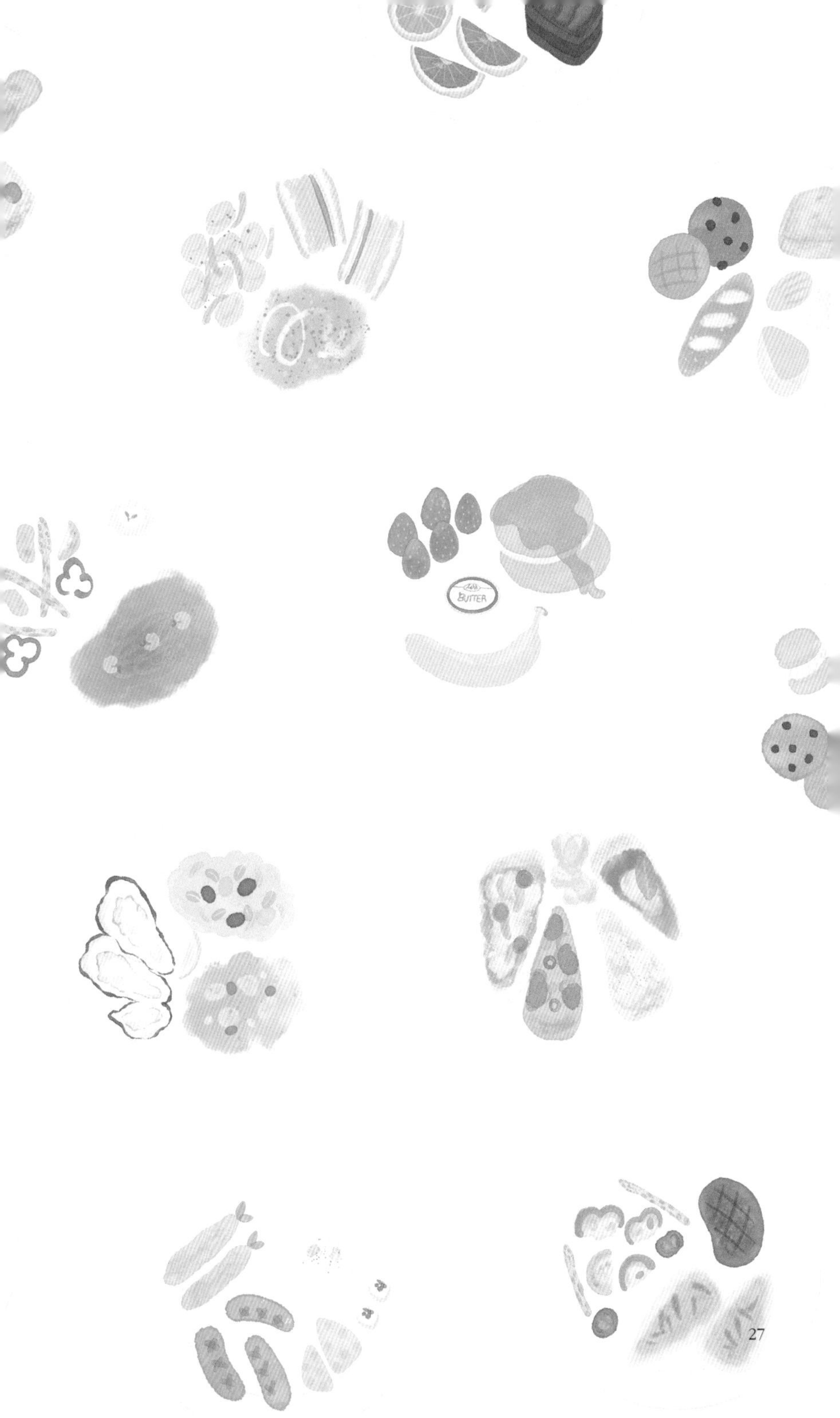
BUTTER

한 몸에 여러 음식이 담기면, 접시는 다양한 기분을 느껴요.

그건 마치 여러 악기로 연주되는 멜로디를 듣거나 손바닥 위를 온통 무지개 색 물감과 크레파스로 칠하는 것과 비슷할 거예요.

짭짤한 소금기에 기분이 묵직하게 가라앉기도 하고, 아찔할 만큼의 단맛에 기분이 붕 뜨기도 해요.

달콤한 마카롱을 여러 개 담은 날이면 괜히 창밖의 구름을 보고 실없이 웃기도 하죠.

철판에 구운 소시지나 뜨거운 파스타를 잔뜩 담은 날이면, 사우나에 들어간 것처럼 더워지기도 해요.

차가운 음식만 담고 있으면 겨울바람을 맞은 것처럼 시원하다가도 쓸쓸해지기도 하고요.

따뜻한 감자수프와 얼린 블루베리가 한 몸에 담기면,

겨울 공기 아래 온천탕에 들어가 있는 느낌과 닮았달까요?

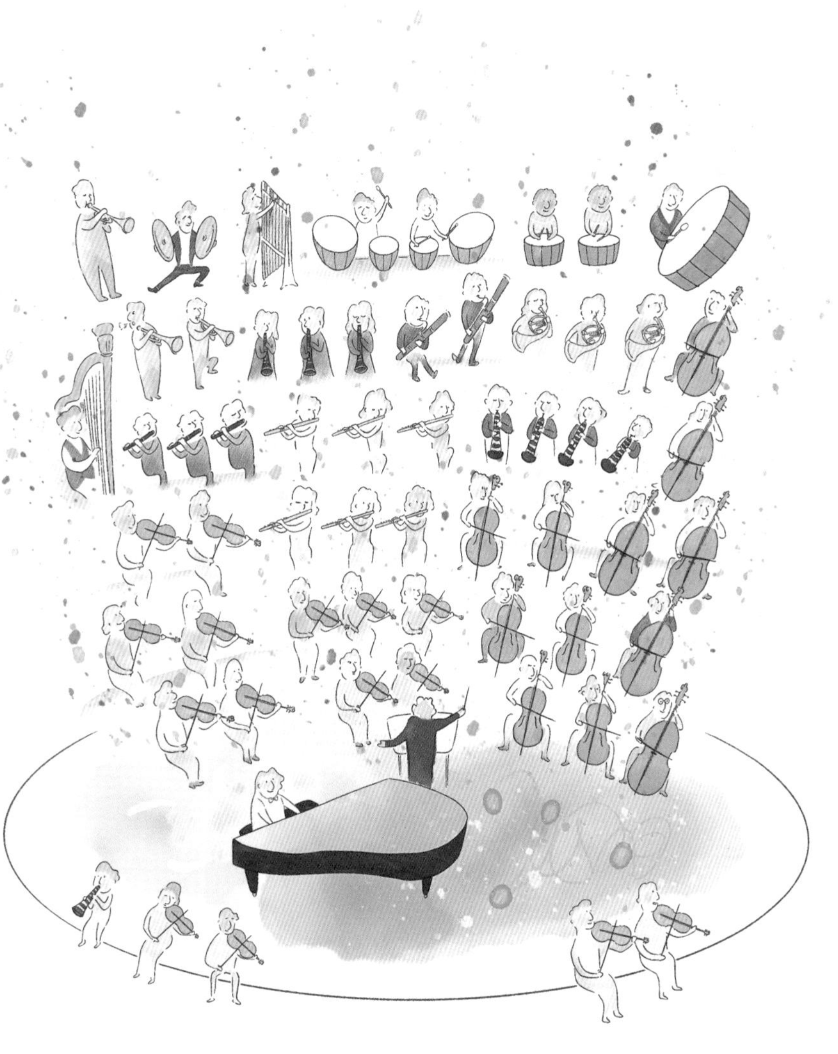

## 3

접시는 무언가 제 몸에 담길 때마다, 멍하니 생각하는 세계로 들어가곤 해요.

많아야 한 번에 두세 음식을 집는 포크나 스푼은 그 기분을 알 수 없어요.

천장에 거꾸로 앉아 가만히 뷔페 안을 바라보는 샹들리에도,

빈 그릇을 나르는 홀 직원도,

요리하지만 그 음식을 전부 먹지 않는 주방장도 알 수 없죠.

막 불 위를 벗어난 기름 알갱이가 튀김옷 아래서 지글대면서 제 몸 위를 뛰어다니는 감각을, 크림소스를 입은 동그란 뇨키가 바닥에 모로 누워 있는 어린아이의 볼처럼 부드럽다는 것도, 모두 접시만 알 수 있어요.

제아무리 마음이 차가운 접시라도 뷔페에서 일하다 보면 마음으로 느끼는 세상이 깊어질 수밖에 없을 거예요.

접시는 때때로 마음이 차가워진 이를 보고 기도해요.

'얼린 망고부터 구운 닭고기까지.'

여러 맛과 온도를 지닌 음식들이 그의 마음과 감각을 깨워 주길 바라는 거예요.

## 4

사람들은 접시가 일하고 있다는 걸 알아차리지 못해요.

하지만 접시의 일은 엄청난 섬세함이 필요해요.

접시는 손님이 음식을 담을 때와 식사를 할 때, 음식을 흘리지 않도록 그의 손바닥과 그가 앉은 테이블 위에서 균형을 잡아요. 손님이 식사하는 동안에도 그의 소매나 팔뚝에 소스가 묻지 않도록 조심하죠.

여러 음식을 한꺼번에 담기 위해 수련이 필요해요.

뜨거운 스테이크와 냉동 블루베리를 한 몸에 담을 수 있도록 뱃심을 키워야 해요.

또 제 입맛과 다른 음식이 잔뜩 담기더라도 몸을 내어 줄 수 있을 만큼, 마음의 여유도 가져야 하죠.

5

어느 날, 한 여자 손님이 접시에 소시지와 감자 샐러드를 담아 자리에 앉았어요. 그녀는 소시지를 한 입 크기로 잘라 먹고 싶었는지, 나이프를 가져와 칼질했어요.

굵은 힘줄 탓에 소시지가 잘 썰리지 않자, 그녀는 더 세게 칼질했어요. 접시는 간지러워서 웃음을 참을 수가 없었어요.

그 손님은 겨우 자른 소시지에 겨자 소스를 듬뿍 묻혀 입으로 가져갔어요. 그때, 그녀의 앞에 앉은 남자가 말을 걸어왔어요.

두 사람이 잠깐 이야기를 나누는 사이, 소스가 흘러내렸어요. 하필 손님이 쥐고 있던 포크가 다른 테이블에 한눈팔고 있느라 그 모습을 보지 못했어요.

"아, 안 돼!"

접시가 그 모습을 보고 안타깝게 외쳤어요. 하지만 포크는 접시의 외침을 듣지 못했어요. 결국 노란 겨자 소스가 손님의 고급 실크 블라우스 위로 툭 떨어졌어요.

그녀의 블라우스가 놀라 비명을 질렀고, 손님도 그만 고개를 떨구었어요. 접시도 차마 엉망이 된 블라우스를 보지 못했어요.

포크가 뒤늦게 정신을 차리고 외쳤어요.

"이런. 내 실수예요!"

접시는 손님의 옷 소매나 구두에 음식을 묻히지 않으려고 늘 조심해요. 하지만 손님의 옷깃이나 가슴팍에 음식을 흘리지 않도록 조심하는 건, 손님이 들고 있는 수저의 역할이에요. 그래서 접시는 블라우스를 안타깝게 바라볼 수밖에 없었어요.

# 6

접시는 부드럽고 촉촉한 음식이 담기는 걸 좋아했어요. 예를 들면 감자 무스나 커스터드푸딩이요.

하지만 포크가 이렇게 물어볼 때마다 접시는 당당하게 대답했어요.

"접시야, 네가 제일 좋아하는 음식이 뭐야?"

"나는 뷔페의 모든 음식을 좋아해.

베테랑은 음식을 가리지 않는 법이니까!"

7

어느 날, 여든이 넘어 보이는 할아버지 손님이 접시를 집어 올렸어요. 할아버지의 손은 가늘게 떨렸고, 주름진 입술 사이로 보이는 치아가 듬성듬성했어요.

할머니 할아버지 손님이 방문하는 날이면, 접시는 차분하게 서빙을 도와요. 씹기 불편한 음식 대신에 메로구이나 단호박 찜처럼 부드러운 음식 앞에서 몸을 기울여 그들에게 신호를 보내죠.

할아버지는 접시의 신호를 따라 단호박 찜과 메로구이를 접시에 담았어요. 게살 수프도 조금 담았고요. 할아버지의 떨리는 손짓에, 게살 수프를 퍼 담는 국자도 숨을 멈추고 차분하게 서빙을 도왔어요.

그런데 할아버지가 자리로 돌아가던 중 바게트 샌드위치를 보고 발걸음을 멈췄어요.

'바게트는 겉이 질겨서 씹기 불편할 거예요.' 접시는 할아버지의 자리 쪽으로 몸을 기울여 돌아가자는 신호를 보냈어요. 하지만 할아버지는 바게트 샌드위치 두 조각을 집어 접시에 담았어요. 접시는 할아버지를 말리고 싶었지만, 그럴 수 없었어요. 손님이 원하는 음식이라면 모든 담는 게 접시만의 중요한 법칙이거든요.

바게트는 접시가 걱정했던 거처럼 질겼어요. 그래도 다행히 할아버지가 빵을 작게 잘라서 입 안에서 녹여 먹었어요. 게살 수프에 찍어 먹기도 하고요. 할아버지가 퍼 온 음식을 모두 먹고 나서 냅킨으로 입 주변을 닦았어요. 미소 짓는 입술 안으로 앞니 세 개가 빼꼼 보였어요. 접시는 그제야 긴장을 놓을 수 있었어요.

접시는 종종 손님이 식사하는 동안 이렇게 긴장할 때가 있어요. 하지만 손님의 미소, 그걸 보면 뭐든 괜찮아지곤 해요.

## 8

접시는 활달한 아이들을 손님으로 만나면, 자기도 모르게 같이 신이 나 작은 손 위에서 뱅글뱅글 돌다가 균형을 잃고 엎어지기도 했어요. 운이 좋아 아직 깨진 적은 없었어요.

얼마 전 접시는 장난기 많은 소년을 만났어요. 접시는 뷔페 안을 망아지처럼 뛰어다니던 그 소년과 함께 휘파람을 불기도 했어요. 그 모습을 보고 화가 난 고급 유리잔이 외쳤어요.

"이봐, 앞을 잘 보고 다니라고! 만약 부딪혀서 내 몸에 조금이라도 금이 간다면, 절대 가만두지 않을 거야."

"오, 미안해!"

그제야 접시는 어린아이의 손 위에서 뱅글뱅글 도는 걸 멈추고 침착하게 서빙을 도왔어요.

면 코너를 둘러보던 소년이 차갑게 식은 게살 파스타를 담으려 했어요. 접시는 그 옆에 있던 따뜻한 크림 파스타 쪽으로 몸을 기울이며 신호를 보냈어요. 소년은 김이 모락모락 나는 크림 파스타를 접시에 한가득 퍼 담았어요.

이번엔 소년이 아이스크림 코너 앞에서 발걸음을 멈췄어요.

'파스타와 아이스크림이라니, 완벽해!' 접시는 생각했어요.

소년은 크림 파스타 위에 딸기 아이스크림을 동그랗게 펴 올렸어요. 그 위로 구운 방울토마토도 하나 올렸어요. 딸기 아이스크림이 녹아내리는 바람에 크림소스는 분홍색이 되었어요. 딸기 크림 파스타가 된 거예요.

소년은 테이블로 돌아가 흡족한 미소를 지었어요. 가족들은 그가 엉뚱하게 담아 온 음식을 보고 막 웃었어요. 하지만 그는 분홍색 크림 파스타를 맛있게 먹었어요. 이윽고 다 먹은 접시를 들어 보이고 웃기도 했어요. 그의 입 주변이 분홍색으로 벌겋게 물들었어요.

소년이 테이블을 떠나고 얼마 지나지 않아, 홀 직원인 알렉스가 빈 접시를 데리러 왔어요. 접시가 알렉스에게 말했어요.

"오늘 만난 소년도 완벽한 파트너였어요."

온몸이 분홍색 크림 범벅이었지만, 접시는 설거지하러 갈 때까지도, 크림을 머금은 채 웃었어요.

9

어린 손님이 멋진 이유는, 음식을 담는 마음에 틀이 없다는 거예요. 때때로 그들은 메뉴에 적히지 않은 새로운 음식을 창조해내요.

토르티야에 로제 파스타를 싸 먹는 소년이 보여요.

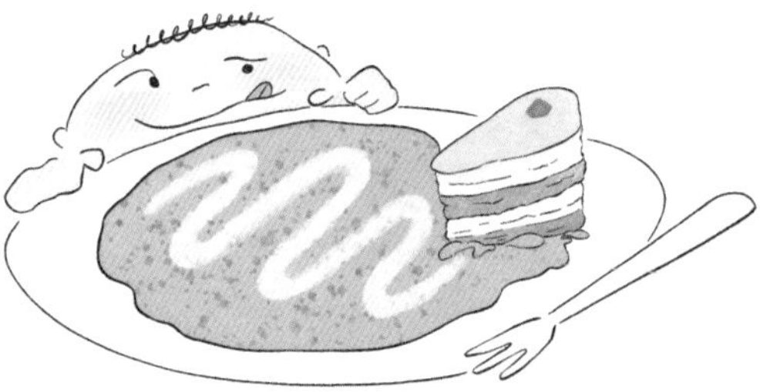

시금치 카레에 녹차 티라미수를

찍어 먹는 아이도 있고요.

어떤 소녀는 크렘 브륄레 위에

콜라를 부어 먹었어요.

어떤 아이는 막대 과자에 딤섬을 종류별로 꽂아 먹기도 하고요.

초밥 위에 달걀말이 대신 라즈베리 바닐라 마카롱과
땅콩버터 쿠키를 얹어 먹는 아이도 있어요.

치즈케이크 위에 대게 다리를 얹어 먹는 건 어떻고요.

정말이지 그들은 멋져요!

# 10

손님 테이블 위에는 늘 냅킨이 놓여 있어요. 홀 직원들이 항상 모자라지 않게 냅킨을 채워 두거든요. 냅킨 상자는 언제나 테이블 가운데 앉아, 홀을 구경하면서 시간을 보내요.

하루는 냅킨 상자가 홀을 둘러보다가 말했어요.

"저 친구가 땀을 흘리지 않는 건 정말 다행이야."

"누구?" 옆에 있던 커피 잔 하나가 물었어요.

"접시 말이야. 열심히 일하는 저 몸에서 땀이라도 난다면, 손님들은 바삭한 튀김이나 쿠키를 절대 맛보지 못할 거야. 손님이 자리에 앉기도 전에 접시에 담은 쿠키나 튀김이 땀에 젖어 눅눅해져 버릴 테니까."

커피 잔도 맞장구치며 말했어요.

"맞아. 그렇게 되면 접시에 담은 음식은, 찜기에 찐 것처럼 김이 폴폴 날 거야. 뷔페 안은 후덥지근한 습기로 가득해질 거고. 손님들은 사우나 안에서 식사하는 느낌이 들겠지?"

"그래, 만약 그랬다면 메뉴판에 '바삭한 초콜릿 쿠키' 대신 '곧 촉촉해질 초콜릿 쿠키'로 바꾸어 달아야 하는 걸까?"

냅킨 상자는 제 농담에 껄껄 웃었어요. 하지만 커피 잔이 별다른 말을 하지 않자 머쓱해져서 이내 조용해졌어요. 조금 뒤에 냅킨 상자는 목소리를 가다듬고 말했어요.

"오늘도 깨끗한 소매로 식사를 마친 사람이 있다면, 운이 좋게도 그가 만난 접시는 베테랑이었을 거야."

"그래. 반대로 음식을 먹다가 소스가 구두나 소매에 묻었다면, 아직 일이 익숙지 않은 접시를 응원해 줬으면 하지." 커피 잔도 말했어요.

옆 테이블에 놓여 있던 접시는 쑥스러워서 그들의 말을 못 들은 체했지만, 어쩐지 냉동 블루베리를 담고 있어도 마음이 춥지 않았어요.

11

저녁 서빙까지 마치고 나면, 접시는 싱크대 안 따듯한 물에서 뻐근한 몸을 녹여요.

물을 가득 받은 싱크대 안에 세제를 풀면, 거품이 잔뜩 생기죠.

고무장갑 낀 손이 접시를 잡고 수세미로 마구 문질러요.

그러면 마사지라도 받은 것처럼 몸이 시원해져요.

몸이 풀린 접시는 장난기가 오르죠.

다시 고무장갑 낀 손 하나가 접시를 잡아 물 위로 건져 올려요.

접시는 바깥으로 몸을 힘껏 기울여요.

접시는 미끄러져 도로 물 안으로 첨벙, 하고 떨어져요.

즐거운 비명도 질러요.

두어 번쯤 더 해요.

사람들은 설거지하다가 손에서 접시가 미끄러지면 제 실수라고 생각하지만,

실은 그건 접시가 벌이는 장난이에요.

## 12

사람들은 음식을 맛볼 때 솔직해져요.

입맛에 맞지 않은 걸 먹을 땐 단숨에 표정이 굳어요.

맛있는 걸 먹을 땐 눈썹이 이마에 바짝 올라붙고 눈은 잔뜩 커져요.

정말 맛있는 걸 먹을 땐 미간을 찌푸리고 심각한 표정을 짓기도 해요. 하지만 음식에 고정된 눈동자는 한없이 부드럽죠.

신 걸 먹으면 입술을 아래로 벌려서 아랫니를 드러내고는 '스' 소리를 내요. 눈가도 잔뜩 찌푸리고요. 표정만 보면 맛이 없어서 더 먹지 않을 것 같은데, 그 표정을 지으면서도 계속 먹어요.

짭짤한 걸 먹으면 누군가 주먹으로 목울대 너머 깊은 곳을 누르기라도 한 것처럼 얼굴을 힘껏 웅크리고 맛을 음미해요. 만족스러우면 고개를 끄덕이며 미소가 피어오르죠.

단 걸 먹으면 볼이 벌겋게 달아올라요. 테이블 아래로 발을 동동 구르기도 하고요. 농담도 더 잘하는 것 같아요.

접시는 사람들이 음식을 먹을 때 솔직해진다는 걸 알아요.

솔직할 때 그들이 가장 멋지다는 것도요.

## 13

사람에겐 온기가 있어요. 음식처럼요.

사람들은 접시나 포크처럼 딱딱하지 않아요.

사람들은 손이 부드럽고 폭신폭신해요.

게다가 사람들은 표정도 무수히 많아요.
접시는 말을 하지 않고는 기분을 표현할 수 없는데 말이에요!

그래서 접시는 사람들을 좋아해요.

누구나 반대되는 것에 끌려 본 적이 있지 않나요?

손님이 음식을 바라보는 눈빛과,

접시가 손님을 바라보는 그것이 닮았을 거예요.

## 14

하루는 오렌지빛 곱슬머리를 가진 남자 손님이 뷔페에 찾아왔어요. 그는 배가 볼록하게 나온 몸에 하늘색 줄무늬 티셔츠를 입고 있었어요. 얼굴엔 붉은 주근깨가 가득했죠. 그는 입이 커다란 미식가였어요.

접시가 그를 세세하게 기억하는 까닭은, 그만큼 그가 음식 앞에서 솔직했기 때문일 거예요.

접시는 그가 볼로냐 스파게티를 레드 와인에 곁들여 먹는 걸 구경했어요. 손님은 자리에 앉아서 포크를 손에 쥐고 스파게티를 탐스럽게 바라보았어요. 접시는 그의 두 볼이 입보다 먼저 스파게티를 맛본 줄 알았어요. 벌써 볼이 빨갛게 물들었거든요.

그는 포크로 면을 돌돌 말면서 꿀떡 침을 삼켰어요.

스파게티 면이 입에 가까워지자, 그의 입술도 참지 못하고 마중을 나왔어요. 그는 스파게티를 먹자마자, 콧구멍을 넓히며 만족감을 숨기지 못했어요.

그는 몰랐을 거예요, 머리 위에 음표가 떠 있었다는 사실을요.

그는 입가에 묻은 소스를 핥아 음미하곤, 미소를 띠었어요. 치솟은 광대뼈가 천장의 샹들리에까지 닿을 듯했어요.

스파게티를 씹느라 부지런히 움직이던 그의 턱과 볼 그리고 입술은 춤을 추듯 빠르게 리듬을 탔어요. 접시는 그 모습을 보며, 뷔페 디너쇼에서 차차차를 추던 댄서의 춤사위를 떠올렸어요.

와인을 머금은 채 먼 곳을 바라보던 그의 눈동자는, 잔에 담긴 붉은 술만큼이나 깊어 보였어요.

15

손님이 입에 넣고 몇 번 씹으면 음식은 사라졌어요.

"사람들이 먹은 음식은 대체 어디로 가는 걸까?"
접시가 궁금해하며 포크에게 물었어요.

접시와 포크가 풀기에는 너무나 어려운 문제였어요.

16

이 뷔페엔 인기쟁이 홀 서버, 알렉스가 있어요.

그는 언제나 춤을 춰요.

손님을 자리로 안내할 때,

더러운 테이블을 닦을 때,

자길 부른 손님에게 다가갈 때,

심지어는 접시를 두 손 가득 들고 옮길 때도요!

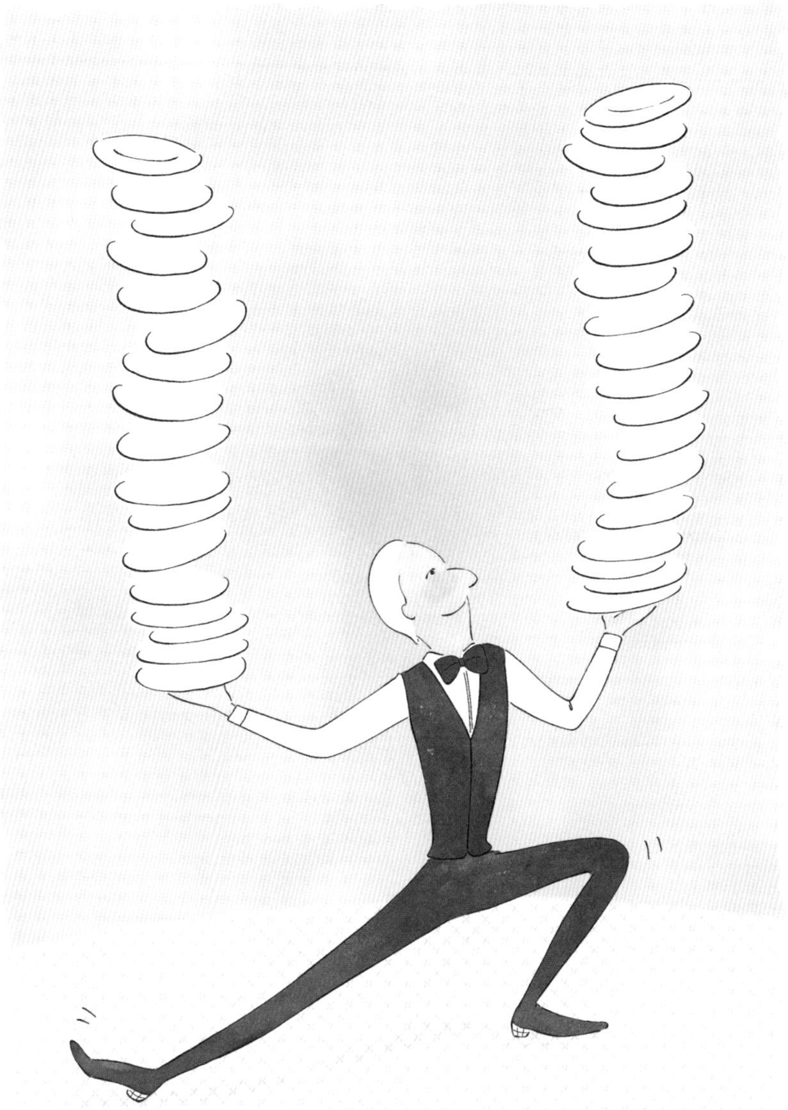

접시는 아침이 되면 알렉스를 기다렸어요.

알렉스는 마른행주로 접시를 닦는 동안 발로 탭댄스를 췄거든요. 그때마다 접시는 마치 그와 함께 춤을 추는 것만 같았어요.

## 17

뷔페에 찾아오는 손님들을 구경하는 건 정말 재미있어요.

그들은 모두 다르게 생겼어요. 눈, 코, 입 위치며 눈썹 모양과 목소리, 체격까지 다르고 입고 있는 옷이랑 머리카락 색깔마저 다 달라요. 심지어는 눈동자 색까지도요.

그들은 치자랑 쑥으로 염색한 국수를 엮어 만든 듯한 스웨터를 입고 오기도 하고요. 목이나 손목엔, 볶음밥 쌀 알갱이들을 엮어 만든 듯한 목걸이나 팔찌를 달고 오기도 해요. 어떤 손님은 잘게 다진 파프리카처럼 생긴 걸 천연 보석이라며 같이 온 손님에게 자랑하기도 했어요.

이 사람, 저 사람.
손님들을 구경하다 보면 접시의 하루가 금방 지나가요.

18

손님들에게선 조금씩 다른 냄새가 풍겨요.

배가 토실토실한 남자에게선 레몬을 뿌린 치즈처럼 시큼한 냄새가 났어요. 그의 어린 아들에게선 데운 우유 냄새가 났고요.

잔머리 한 올 없이 앞머리를 넘기고 정장을 빼입은 남자에게서는 조금 독특한 향이 났어요. 드라이한 포도주에 고수를 빠트린 것 같은 냄새였어요. 주변에 있던 여자 손님들은 그의 향기 때문인지, 그에게서 눈을 떼지 못했어요.

곱슬머리에 리넨 블라우스를 입은 중년 여자에게서는, 참외에 소금을 뿌려 놓은 듯한 향기가 났어요. 그녀에겐 향기만큼이나 자유로운 분위기가 느껴졌어요.

똑같은 냄새를 가진 손님은 한 명도 없어요.

접시는 손님들을 보며 생각했어요.

'사람들은 모두 요리사인 게 분명해. 그들은 저마다 다른 요리법을 가지고 있는 거야. 아침마다 자길 요리해서 향을 입히는 게 아닐까.'

오늘 그가 만난 할아버지에겐 푹 삶은 버섯 향이 났어요. 우유를 넣고 끓인 버섯 수프처럼 포근한 냄새 말이에요.

'가만, 나에겐 무슨 냄새가 나지?'

접시는 제 몸에 대고 냄새를 맡았어요.

'이런, 세제 냄새가 나.'

조금 전에 설거지해서 그런가 봐요.

식사를 마친 사람들은 어디로 가는 걸까요? 오늘 접시가 만난 할아버지는 뷔페를 나가서 커다란 국자 속으로 들어갔을 거예요. 불에 올린 따뜻한 국자 말이에요. 버섯 수프가 담겨 있을 테고, 할아버지는 그 안으로 들어가 몸을 누이겠지요.

## 19

접시는 가끔 만두가 부러웠어요.

음식을 아무리 잘 담아도 몸을 기울이면 전부 흘리고 마는 접시와는 달리, 만두는 피 안에 소를 가득 담고도 주머니처럼 입구를 오므려 닫을 수 있으니까요.

접시는 종종 만두가 되는 꿈을 꿨어요.

꿈에서 그는 파인애플 볶음밥과
치즈케이크 한 조각,
부지런히 움직이던 손님의 볼과 입술,
초콜릿 퐁뒤를 묻힌 구운 마시멜로와 딸기 세 개,
볶음밥 쌀 알갱이처럼 생긴 손님의 원석 팔찌도 하나 담았어요.

## 20

접시는 손님들 사이에서 오고 가는 대화를 즐겨 들었어요.

어느 점심에, 하와이언 피자를 우물거리던 손님이 말했어요.

"그제 강가에 앉아서 야경을 보는데, 진짜 힐링 되더라."

맞은 편에 앉아 있던 손님도 말했어요. 그는 시저샐러드와 브로콜리 수프를 먹고 있었어요.

"나는 어제 산책 다녀오는 길에 흰 장미꽃을 봤어. 빌라 울타리에 누가 심어 놓았는지, 잔뜩 피었더라."

접시에게는 뷔페 안의 세상이 전부였어요. 그런 접시에게, 사람들이 주고받는 대화는 마치 다른 나라의 언어로 듣는 신선한 노래처럼 느껴졌어요.

접시는 손님들의 말을 들으며 생각했어요.

'사람들의 말은 처음 맛보는 사탕 같아. 듣고 있으면 달콤하고 또 무슨 맛인지 궁금해. 종종 고추냉이처럼 알싸하게 들리는 이야기도 더러 있지만 말이야.'

접시는 손님의 대화를 듣고 있다가 멋들어진 표현이 들리면, 그 사람이 말할 때의 어감을 기억해 두었어요. 그러고는 밤이 되어 식기들끼리 모여 있을 때, 새로 알게 된 말들을 서로 뽐내면서 즐거워했어요. 단어의 뜻이나 모양새는 몰랐어요. 그냥 말하는 거예요!

어느 날 밤, 포크가 먼저 말문을 열었어요.

"오, 오늘 나의 하루는 마치 동굴에서 꺼낸 와인 같구나!"

접시가 화답했어요.

"오, 가여운 친구여, 너의 이야기를 들으니 나의 기분은 마치 강가의 달래 위에서 석양을 보는 듯해!" 둘은 뷔페 디너쇼에서 보았던 오페라 가수들처럼 말을 주고받았어요. 주위에 있던 식기들은 '오! 정말 멋진 표현이다!'라고 감탄하며, 각자의 감성에 젖어 밤을 보냈어요.

아마도 손님은 '강가의 다리 위에서 석양을 보는 듯해.'라고 이야기했을 거예요. '다리'도 '동굴'도 알 리가 없는 접시가 '다리'를 '달래'로 헷갈려 이야기했으나, 주변에서 듣고 있던 식기들도, 말하는 접시도 이상한 점을 찾지 못할 터였어요. 그러니 소통에는 문제가 없었어요.

## 21

평화로웠던 접시의 마음에 커다란 균열이 일어나기 시작했어요. 마치 곰보빵의 겉면처럼 그의 마음이 갈라지고 있었죠.

그날도 접시는 식기 창고 안에서, 손님들의 말을 따라 하며 놀고 있었어요. 그는 목소리를 가다듬고 오페라 가수처럼 말했어요.

"아아, 푸른 바다를 물들이는 붉은 노을이 아름다워라."

그런데 이 날따라 접시의 마음이 이상했어요.

그는 다시 한번 올리브유를 목에 두른 것처럼 번지르르하게 말해 보았어요.

접시의 마음이 더욱 이상했어요. 그는 당황스러워서 연신 기침을 내뱉었어요.

이윽고 그는 무언가 다르다는 걸 느끼고 말았어요. 접시는 그 말을 했던 손님의 얼굴을 떠올렸어요.

그 손님의 눈빛은 샹들리에를 눈에 넣은 것처럼 반짝거렸어요.

표정은 부드러웠어요. 한쪽 눈썹이 바짝 올라간 대신에 반대쪽 눈꺼풀은 미소를 따라 부드러운 치즈처럼 내려앉았거든요.

그의 목소리엔 설렘이랄까, 파스텔 색 구름을 만지던 손길이 그의 목구멍을 쓰다듬는 것처럼 느껴졌어요.

하지만 접시가 그의 말을 따라 할 땐 어떤 것도 담아낼 수가 없었어요. 구름 닿은 손길도, 치즈 같은 눈꺼풀도, 반짝이던 눈빛에 비친 설렘도요.

그가 담을 수 있는 거라곤 알맹이 없이 나뭇가지만 남은 앙상한 포도처럼, 손님이 남기고 간 말뿐이었어요.

접시는 손님이 알고 있는 즐거움이 궁금했어요.
정말 맛있는 음식을 먹을 때만큼이나 황홀한 표정을 짓게 했던, 정체 모를 즐거움을 느껴 보고 싶었어요.

그 모든 건 뷔페 밖에 있을 거였어요.

22

지금까지 접시에게 문은, 벽에 걸린 사과 그림 액자랑 다르지 않았어요. 있다는 건 알았지만 눈여겨본 적 없었어요. 눈여겨본 적 없다는 말도 너무나 상냥한 표현일 거예요. 실은 눈길조차 준 적 없었어요.

하지만 그 문 너머에도 즐거움이 있다는 걸 알게 된 뒤로, 접시는 문에서 시선을 뗄 수가 없었어요. 첫 손님이 문을 열고 걸어 들어오는 순간부터 마지막 손님이 문을 열고 나갈 때까지 말이에요.

접시가 한눈을 파는 사이에, 손님들의 소매와 구두는 지저분해져만 갔어요.

그가 일을 제대로 하지 않는 바람에, 이리저리 소스를 흘리고 다녔거든요. 문을 보는 데에만 정신이 팔린 접시는 제 실수로 파스타 소스가 묻은 구두의 비명도 듣지 못했어요.

23

어느 날, 홀 천장 가운데에 달린 샹들리에가 접시에게 말을 걸어왔어요. 접시는 그 아래 테이블에 놓여 있었어요.

"이봐, 접시야."

샹들리에의 목소리는 몸집만큼이나 우렁찼어요.

"나는 무거운데도 바닥에 붙어 있지 않고 천장에 매달려 있어. 평생을 거꾸로 있는 거지. 그래서 나처럼 거꾸로인 애들을 곧잘 발견하거든. 동질감을 느껴서랄까. 그런데 요즘 네가 유난히 눈에 띄네. 너는 접시면서, 일은 하지 않고 대체 무슨 생각에 빠져 사는 거야?"

샹들리에가 다시 한번 우렁차게 외쳤어요.

"이 거꾸로 접시야!"

깜짝 놀란 접시는 그제야 손님을 똑바로 봤어요. 눈앞에 다섯 살 난 어린아이가 토마토 파스타 면을 두 손에 쥐고서 먹고 있었어요. 아이의 팔과 테이블이 온통 토마토소스로 범벅이었어요. 접시는 아이에게 미안하다고 사과했어요.

## 24

샹들리에가 접시에게 물었어요.

"대체 넌 어디에 정신이 팔려 있는 거야?"

"문이요." 접시가 작은 목소리로 대답했어요.

"왜, 새삼스레 그에게 반하기라도 한 거야?" 샹들리에가 의아한 목소리로 물었어요.

"아니, 실은 그 너머를 상상하고 있었어요."

"문 바깥엘 말이야?"

"맞아요. 음식 말고도 담아 보고 싶은 게 생겼거든요."

"오호." 샹들리에는 알 수 없는 웃음을 지었어요.

접시는 동그랗고 납작한 제 몸을 보며 한숨을 내뱉었어요.

"나도 손님들처럼 저벅저벅 걸어 나갈 수 있다면 좋으련만."

그는 샹들리에에게 말했어요.

"있지요, 내 밑동은 너무나 안정적이에요. 기울어진 테이블 위에서도 웬만해선 흔들림이 없을 정도예요. 그래서 나는 어디로도 내달려 갈 수가 없어요." 그의 목소리가 슬프게 울렸어요.

그 말을 들은 샹들리에가 단단한 목소리로 말했어요.

"그렇지 않아. 새로운 세상에 다가가고자 하는 물건에게는 모두 방법이 있어." 뒤이어 그는 조금 장난스럽게 말을 덧붙였어요.

"아마도 그 방법을 눈치채지 못했을 뿐이지."

샹들리에는 기지개를 켜듯이 몸을 흔들었어요. 그러자 그의 몸에서 헐거운 큐빅 하나가 바닥으로 뚝 떨어졌어요. 홀 직원 알렉스는 샹들리에의 큐빅을 주워 쓰레기통에 버렸어요.

## 25

접시는 쓰레기통을 가만히 들여다보았어요.

그걸 보고 있으니, 어느덧 슬픔이 물러가고 그 대신 작게 쿵쿵대는 소리가 들려왔어요. 접시는 주변을 둘러보았지만 어린 손님은 이미 자리를 뜨고 없었어요.

그건 접시의 마음속에서 울려 퍼지는 진동이었어요.

그날 이후로 접시는 쓰레기통을 볼 때마다 마음이 쿵쿵거렸어요. 알렉스가 제 몸 위에서 탭댄스를 추는 듯했어요. 이제껏 본 적 없는 격렬한 춤사위였죠.

접시는 곧 알아차렸어요.

샹들리에가 큐빅을 떨어뜨리면서 그에게 힌트를 주었다는 걸요. 그 뜻을 알아차린 접시는 생각했어요.

'저 문밖으로 나가고 싶다면, 쓰레기통에 버려져야 해. 쓰레기가 되면 밖으로 나갈 수 있으니까. 그러려면 난 동그란 몸을 포기해야만 할 거야.

그러니까 깨져야만 한다는 거야.'

## 26

'밖으로 나가려면 깨져야만 해. 그래야 비로소 나는 음식이 아닌 다른 걸 담을 수 있을 거야.' 접시는 속으로 이 말을 되뇌었어요.

하지만 접시는 평생 둥근 몸으로만 살아왔어요. 그는 둥근 모양이 아닌 제 모습을 상상하기 어려웠어요. 어느 날은 그의 마음이 용기로 가득했다가, 또 어느 날은 두려움으로 가득했어요. 어느 날 문을 보면 설레고, 또 어느 날은 문을 잠깐만 보고 있어도 미지근한 수프가 머리에 가득 찬 것처럼 어지러웠어요.

살얼음 낀 메밀면과 뜨끈한 볶음국수가 반반씩 담기기라도 한 것처럼, 그의 마음이 변덕을 끓었어요. 하지만 그는 마음속에서 춤을 추는 알렉스의 발끝이 언제나 문 쪽을 향하고 있다는 걸 알았어요.

접시의 마음을 눈치챈 국자와 쟁반이 그를 비꼬기도 했어요. 먼저 국자가 장난스러운 말투로 얘기했어요.

"나는 문밖으로 나갈 거예요. 하지만 내일도 그다음 날도 이 뷔페에 있겠죠? 꿈에서나 문밖으로 나갈 수 있을 거예요."

쟁반도 일부러 목소리를 배배 꼬며 말했어요.

"그럼 뷔페를 나갈 수 있는 유일한 방법은 잠이 드는 건가? 오, 이렇게 쉬울 수가!"

국자와 쟁반의 웃음소리가 카랑카랑하게 홀 안을 울렸어요.

접시는 마음이 아팠어요. 그들이 자신에게 고추냉이를 뭉쳐 던지고 매운 소스를 뿌려 대는 것만 같았어요.

그는 깨져 본 적이 없었지만, 몸이 부서지면 이런 느낌일까, 싶은 기분마저 들었어요. 하지만 마음속에서 춤을 추는 알렉스의 발재간을 멈출 도리가 없었어요.

27

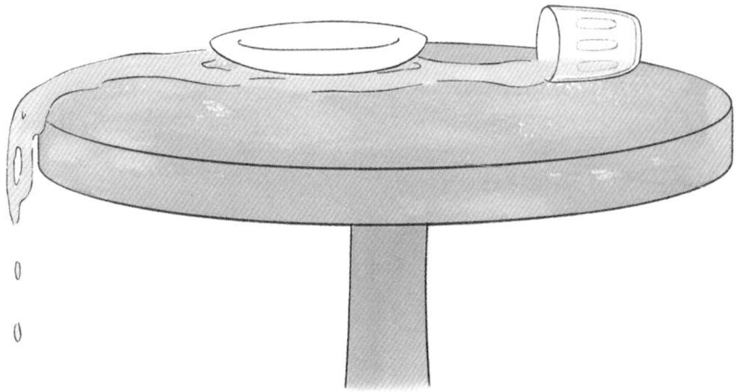

어느 날, 손님이 오렌지 주스를 테이블에 엎었어요. 오렌지 주스는 접시의 밑동을 지나 테이블 가장자리로 흘렀어요. 그때 접시는 마음속 진동이 마구 빨라지는 걸 느꼈어요. 전부터 그는 마음속에서 울려 퍼지는 진동을 알렉스라고 부르고 있었죠.

"알렉스, 당신이 무슨 이야기를 하려는지 알아요. 뷔페를 나가려면 어떻게 해야 하는지도요. 위험하지만 유일하고도 확실한 방법이죠. 하지만 모든 게 끝나 버리면 어쩌죠? 나는 두려워요. 아니 설레요. 알렉스, 당신은 알고 있나요? 이다음 페이지를 말이에요. 그곳에서 무슨 일이 일어날지, 어떤 위험이 기다리고 있을지, 당신은 알고 있나요?"

뷔페 안은 소란스러웠지만, 접시는 제 마음속 두근대는 소리 말고는 아무런 소리도 듣지 못했어요. 그는 홍건하게 엎질러진 오렌지 주스 위로 미끄러져, 재빨리 테이블 가장자리에 다다랐어요. 그의 마음속에서 알렉스가 더 빨리 춤을 추었어요.

접시가 다시 말했어요.

"우린 알 수 없어요. 그저 마음을 따를 뿐이에요. 지금 내가 알 수 있는 거라곤, 위험한 일을 떠올리면서도 신이 난다는 것뿐이에요. 미친 짓이 될 수 있다는 걸 알지만, 난 이 흥겨운 춤을 멈추지 않을 거예요."

접시는 테이블 아래로 뛰어내렸어요.

## 28

접시는 구르고 또 굴렀어요. 그의 밑동이 옆 테이블의 튼튼한 쇠다리에 부딪히고 나서야, 바닥에 닿아 멈췄어요. 다른 사람이 보기엔 3초도 안 되는 짧은 시간이었지만, 접시에게는 하루처럼 길게 느껴졌어요.

가장자리가 시큰하고 몸 전체가 욱신거렸어요. 접시는 제 몸을 살폈어요. 커다란 개 한 마리가 한 입 물어 가기라도 한 것처럼 몸이 뎅겅 깨져 있었어요.

29

접시의 몸에서 떨어져 나간 작은 조각은 말이 없었어요.

그에겐 주머니가 없어서, 조각을 데리고 갈 방법이 없었어요.

접시는 조각과 작별해야 함을 알았어요.

그가 말을 건넸어요.

"안녕, 작은 나야. 넌 분명 좋은 접시였어."

한때 제 몸이었던 작은 조각은 대답이 없었지만, 샹들리에 조명을 받아 잠시 빛났어요. 마치 미소를 지어 보이는 것처럼요. 그걸 본 접시는 작은 조각을, 아프지만은 않게 보내 줄 수 있었어요.

30

(조금 냉정하게 들릴 수 있지만) 그는 더이상 뷔페에서 쓸모 있는 접시가 아니었어요. 깨진 접시에 음식을 담아 먹을 손님은 없을 테니까요. 높은 콧대 위에 얇은 안경을 얹은 홀 매니저 소피아가 구둣발로 걸어와, 그를 집어 들고는 신문지에 감싸 쓰레기통에 버렸어요.

# 31

"깨졌어!"

"접시가 깨졌다!"

"좋았어!"

뷔페를 나가고 싶어 하던 접시가 조각나자, 샹들리에와 포크는 기쁨을 감출 수 없었어요. 남몰래 접시를 응원하던 테이블과 의자도 감격에 젖었어요.

"그럴 줄 알았어. 나갈 수 있을 줄 알았다고!"

"오늘은 정말 특별한 날이야."

그들은 모두 환호성을 지르며 축하했어요.

이윽고 쓰레기통에 담겨 식당을 나가는 접시의 뒷모습을 본 뷔페의 물건들은 마음이 뭉클해졌어요. 샹들리에는 울먹이는 듯한 목소리로 말했어요.

"제법 그리울 거야, 거꾸로 접시."

냅킨 상자도 말했어요.

"저토록 엉뚱하고 별난 접시라니."

그 옆에 있던 커피 잔도 말했어요.

"그는 종종 자기 몸에서 세제 냄새가 난다고 했지만, 실은 제 향기를 짙게 가진 접시였어."

모두가 접시의 안녕을 빌었어요.

냅킨이 농담처럼 말했어요.

"모두들 내가 필요하면 가져다 써도 좋아! 오늘은 왠지 눈물바다가 될 것 같으니 말이야."

# 32

"우와! 난 이제 쓰레기야! 쓰레기는 밖으로 나갈 수 있거든, 엄청 좋아! 아하하!"

쓰레기가 되어 신문지에 감싸진 접시는 아무것도 볼 수 없었지만, 아무튼 기뻤어요. 그도 손님들처럼 강가의 달래 위에서 밤 풍경을 보거나 붉은 노을을 보길 기대했어요.

하지만 그럴 수 없었어요. 그는 거리로 쏟아지듯 나오는 무수한 쓰레기 중 하나였거든요. 그는 쓰레기 더미에서 더 큰 쓰레기 더미로, 그보다 큰 쓰레기 더미로 자꾸만 옮겨졌어요. 그는 신문지를 제 몸에서 벗겨 내는 방법도 알지 못했고, 평편한 바닥을 찾아가서 밑동을 온전히 대고 쉴 방법도 알지 못했어요. 그는 거대한 쓰레기 더미에 휩싸여 계속해서 옮겨질 뿐이었어요.

그는 이제 조금 슬펐어요. 아프기도 했어요. 그는 매일 밤 쓸쓸함을 껴안고 잠들었어요. 외로움이 몰려올 때면, 뷔페에서 좋았던 기억을 불러왔어요. 그러면 상상 속에서 알렉스가 그를 위해 느린 춤을 췄어요.

# 33

접시는 쓰레기 산에 온 뒤로 더 이상 옮겨지지 않았어요. 오랜 비가 내린 뒤로 접시를 덮고 있던 신문지가 벗겨지기도 했어요. 그의 옆엔 촉이 비뚤어진 만년필, 낡은 책과 잡지들이 널브러져 있었어요. 거대한 쓰레기 산 위에서 지루함을 달래 주는 건 옆자리 쓰레기들과의 대화였어요.

접시는 주변에 있는 쓰레기들에게 뷔페에서 있던 일들을 이야기했어요. 튀김에 사용하던 새우가 냉동이었다는 뷔페 주방의 일급 비밀과 자신을 떨어뜨릴 뻔했던 열여섯 살 소년을 용서했던 경험도 빠트리지 않았어요.

패션 잡지들은 접시에게 세상 물정을 잘 모른다며 촌스러운 아이라고 불렀지만, 실은 그들도 발간된 지 십오 년이 넘은 출판물들이었어요. 나지막한 목소리의 과학 서적은 밤하늘 별까지의 거리를 계산하거나 달의 공전 주기 혹은 구름의 입자 이야기를 쉬지 않고 늘어놓았어요. 의학 서적은 널브러진 쓰레기들을 모두 고쳐 주고 싶어 했지만, 제 안에 담긴 내용에는 물건을 고치는 내용이 나와 있지 않아 아쉬워했어요.

촉이 비뚤어진 만년필은 시를 읊듯이 이야기했어요.

"여긴 고독한 예술가들이 모여 있어. 우리 모두 머물던 곳을 떠나 처음으로 지금 여기에 놓여 있지. 처음이라는 건 언제나 강렬해. 모든 감각이 열려 있고 영혼의 심장이 두 눈과 함께 세상을 바라보고 있는 순간이야. 아아, 고독한 예술가들이여, 괴로워 말고 그 기쁨을 만끽하자고."

"어쩌면 우리는 이곳에서 여행을 마치게 될까요?" 접시가 그에게 물었어요.

만년필은 대답 대신에 모두에게 들리도록 독백했어요.

"오, 나의 운명이여. 내가 누울 자리가 이곳이라면 그 또한 기꺼이 받아들이겠습니다. 내 마음은 언제나 식지 않는 열정으로 가득하기에 나는 지금도 변함없는 예술가입니다. 다만 한 가지의 바람이 있다면 나의 휘어진 펜촉이 하늘을 향한다면 하는 겁니다. 하늘에 대고 무언가를 써 본 적은 없으니까요. 하지만 하늘은 제가 무언가를 쓰지 않더라도 구름으로 더없이 완전한 그림을 그리고 있군요.

그 사실이 나의 펜촉을 겸손하게 합니다. 아아 운명이여, 나를 어디로 데리고 갈 예정인가요. 예고 없는 그대의 답을 기다립니다."

접시는 그의 독백을 듣는 걸 좋아했어요. 그의 말을 듣고 있으면 자신의 삶도 한 층 더 깊은 맛이 우러난 수프처럼 느껴졌어요.

## 34

쓰레기 산은 쓰레기를 실은 트럭이 오갈 때 말고는 조용했어요.

그러던 어느 날, 트럭 바퀴가 구르는 소리 대신에 낯선 발소리가 들려왔어요.

묵직한 발소리와 그보다 가벼운 발소리.

키가 큰 중년 남자와 열 살 남짓한 소년이었어요.

그들은 망가진 물건들을 이리저리 들추며 헤쳤어요. 점차 접시 무리 주변으로 가까이 다가왔어요.

'부스럭부스럭'

소년이 접시 옆에 있던 만년필을 들고 외쳤어요.

"아빠, 이것 좀 보세요. 부빙가 나무로 만든 만년필이에요."

남자가 말없이 고개를 끄덕였어요.

소년은 그에게 이어 말했어요. "몸통은 흠집 없이 깨끗해요. 촉만 수리하면 될 거예요. 이번엔 누구의 이름을 새길까요? 아무래도 소설가 조이 앙카가 좋겠어요. 그러면 보통 만년필보다도 비싼 값에 팔 수 있을 거예요."

남자도 자기 발밑에 있던 고장 난 앤티크 시계를 주워 배낭에 담았어요.

소년은 주변을 살피다가, 발에 걸린 접시를 집어 올렸어요. 그의 눈동자가 접시의 깨진 가장자리를 따라 한 바퀴 움직였어요. 뷔페를 나온 이후로 깨진 몸을 누군가 보는 건 처음이라 접시는 조금 부끄러웠어요. 소년이 접시의 깨진 가장자리에 손을 맞춰 보는 시늉을 했어요. 접시는 그가 다칠까 봐 놀랐어요.

"아빠, 썩 괜찮은 걸 주웠어요." 소년이 접시를 들어 남자에게 보여 줬어요. 화려한 무늬도 없이 깨지기만 한 접시를 본 남자의 얼굴에 당황한 기색이 역력했어요. 그가 말했어요.

“조심해라, 윙키드. 손 베일라. 그리고 그다지 좋은 접시는 아닌 것 같은데.”

소년이 대답했어요.

“이건 접시로 쓸 게 아니에요. 제 손에 맞는 팔레트가 필요했거든요.”

그는 옅은 미소를 띠었어요. 그는 버려진 종이로 접시를 감싸 배낭에 담았어요.

접시의 마음이 다시 두근거리기 시작했어요. 그는 좁은 가방 안에서, 알렉스의 발이 제 위에서 뛰노는 걸 느꼈어요.

35

두 사람은 낡은 자전거를 타고 쓰레기 산을 떠났어요.
접시가 담긴 가방 안으로 소년의 냄새가 풍겨 왔어요.

접시는 생각했어요.

'이 소년에겐 아직 익지 않은 떫은 감 냄새가 나. 같이 온 남자에게선 올리브유를 오래도록 팬 위에 달군 냄새가 풍겼어. 이들은 어디로 가는 걸까?'

# 2장

## 36

접시는 대화를 듣다가 그들의 이름을 알게 되었어요. 소년은 윙키드, 아빠는 마티스였어요.

두 사람이 부지런히 페달을 밟아 도착한 곳은 골동품 가게였어요. 그들의 집이자 그들이 함께 운영하는 곳이었죠.

오래전에 할아버지에게 물려받은 가게였는데, 몇 년 전부터 시장에 귀한 골동품이 잘 돌지 않자, 두 사람은 꼼수로 쓰레기 산에서 그럴듯한 물건들을 가져와서 수리해 되팔았어요. 하지만 두 사람은 망가진 물건을 되살리는 손재주가 좋았어요. 그들이 수리한 쓰레기들은 제법 좋은 값에 팔리곤 했어요.

## 37

늦은 저녁, 윙키드가 가게 안에 불을 켰어요. 두 사람은 붉은 나무로 만들어진 작업대 위에 가져온 물건들을 꺼내 놓았어요.

윙키드가 수리할 물건은 펜촉이 휘어진 만년필과 깨진 접시였죠.

소년은 만년필의 망가진 펜촉을 살살 빼냈어요. 수제로 만들어진 만년필이었지만, 부속품은 어렵지 않게 구할 수 있는 제품이었어요. 소년은 작업대 아래 서랍에서 같은 크기의 펜촉을 찾아 꺼냈어요. 끝이 뭉툭해서 글씨가 더 굵게 써지는 거로요. 펜촉을 갈아 끼우고 나니, 만년필의 목소리가 한층 더 굵고 낮게 울렸어요. 만년필도 제법 만족스러운 눈치였어요.

깨진 접시를 수리하는 것도 윙키드에겐 그리 어려운 일이 아니었어요. 먼저 그는 끈적한 점토를 반죽해서 접시의 깨진 가장자리를 따라 살살 덧대었어요. 접시는 몸의 균형이 조금씩 돌아오는 걸 느꼈어요. 소년은 점토가 완전히 굳을 때까지 기다렸다가, 튀어나온 부분을 칼로 긁어내고 사포로 다듬었어요. 마지막으로 윙키드는 점토를 덧댄 부분에 흰 물감을 칠해 수리한 자국을 감췄어요.

윙키드는 접시에 칠한 물감을 말리기 위해서 두꺼운 백과사전에 접시를 기대 놓았어요.

접시는 작업대 옆에 있던 뿌연 거울에 비친 제 모습을 바라보았어요. 날카로운 개의 이빨 자국처럼 보였던 깨진 가장자리가 부드럽게 다듬어져 있었어요.

## 38

창문 틈으로 들어오는 찬 바람에 쌀쌀함을 느낀 윙키드는 석유 난로를 피웠어요. 그는 접시를 더 빨리 말릴 생각으로 난로 앞에 가져다 놓았어요. 낡은 난로가 검은 기침을 내뿜자 뜨거운 불꽃이 접시의 몸에 튀었어요. 접시는 그 촉감이 낯설지 않았어요.

“왠지 낯이 익어요. 우리가 만난 적 있나요?” 접시가 물었어요.

“네가 아주 어릴 적 모양이 채 갖춰지기 전에, 우린 만났단다. 난 널 기억해.” 불이 답했어요.

접시가 기억하지 못할 만큼 아주 어린 시절이었어요.

"네가 태어날 때였지. 넌 내 손길을 세 번 거쳤단다. 이제 막 태어난 말랑한 흙 접시들이 하는 옹알이가 얼마나 귀엽던지. 너도 그랬단다. 하지만 지금의 넌 꽤 자랐구나. 어릴 때보다 더 단단해졌어."

"고마워요. 얼마 전에 한 번 깨졌거든요. 그때 더 단단해졌나 봐요."

"보통 접시들은 깨지면 내 앞에 슬픈 모습으로 나타나곤 하는데, 넌 신나 보이는구나."

"그 덕분에 자유로워졌으니까요."

"재미있는 접시구나."

불을 쬐던 접시의 몸이 점차 단단하고 매끈하게 굳어 갔어요.

불이 접시에게 이야기했어요.

"몸에 활력이 더 느껴질 거야. 네 몸 안에 내가 조금 더 들어갔으니 말이야."

"고마워요."

## 39

곧 심심함을 느낀 접시는 가게 안을 둘러보았어요. 골동품 가게는 처음 만나는 물건들로 가득했어요. 좁지만 많은 이야기를 가진 곳이었어요.

작업대 위에 기다란 허리를 가진 전등 하나가 보였어요. 그는 가게 안에서 가장 밝은 빛을 내고 있었어요. 접시는 용기 내어 그에게 말을 걸었어요.

“당신은 정말 기다란 허리를 가지고 있네요. 정말 길어요. 그러니까 제 말은 멋지다는 거예요. 자유롭게 움직일 수 있는 허리를 가지고 있는 물건은 그리 많지 않으니까요.” 접시는 쑥스러운 마음에 횡설수설했어요.

“얘, 모르는 소리 마. 네가 나처럼 맨날 아래를 굽어보고 있어야 한다면 그런 말이 안 나올 거야. 얼마나 불편한지 몰라. 넌 허리가 없으니 나처럼 아플 일은 없겠구나.” 전등은 제 일에 지쳐 한껏 예민한 목소리로 말했어요.

“그렇군요. 하지만 당신은 스스로 빛을 내고 있는걸요. 그건 정말 멋진 일이에요.” 접시는 한 번 더 전등의 아름다움을 찬양했어요.

“이 빛도 내 게 아니야. 난 전기가 있어야만 빛을 낼 수 있어. 게다가 이런 빛은 나만 가진 게 아닌걸. 세상에 널리고 널린 게 전등이야.” 전등은 다시 한번 까칠하게 대답했어요.

"그 말은 당신과 전기가 만나면 밝은 빛이 난다는 이야기죠?"

"낭만에 젖은 꼬마구나." 전등은 접시를 귀찮아하며 더 이상 말을 시키지 말라는 뉘앙스로 이야기했어요.

접시는 다시 주변을 둘러보았어요. 커다란 액자 하나가 벽에 걸려 있었어요. 접시는 조금 전보다 더 크게 소리를 내어 멀리 있는 액자에게 말을 걸었어요.

"당신은 무슨 그림을 담고 있는 건가요?"

"이건 그림이 아니라 절벽에서 떨어지는 폭포 사진이야. 사진가 벨 암스트롱이라고 알지?"

"아뇨, 몰라요."

"벨 암스트롱을 모른다고? 그는 50년 전에 이 지역에서 가장 유명한 사진작가였어. 이건 그가 죽기 전에 찍은 마지막 사진을 복사해 둔 거야."

"안타깝고도 멋진 그림이에요."

"그림이 아니라 사진이라니까?"

"네, 알겠어요. 그 사진에 대해 조금 더 이야기해 줄 수 있나요? 궁금해요." 접시는 액자 속 사진에 대한 사연을 좀 더 들어보고 싶었어요.

"여긴 동쪽 지방 절벽의 폭포고…."

액자는 자신이 품은 사진이 절벽의 폭포라는 사실 외에는 아는 게 없었어요. 사실 절벽도, 폭포도 가 본 적 없었고, 벨 암스트롱도 만나 본 적 없었어요. 사진에 대해 이토록 구체적으로 질문을 받은 것도 이번이 처음이었어요. 액자는 금세 마음이 불편해졌어요.

"실은 나도 잘 몰라. 난 그저 사진을 품고 있을 뿐이야. 절벽의 폭포에 가 본 적도 없다고. 난 내가 모르는 것을 담고 있어. 나는 그저 허풍만 가득한 액자인 걸까?" 그는 자기를 비웃는 듯한 뉘앙스로 말했어요.

"멋지기만 한걸요."

"고마워. 하지만 처음으로 나에 대해 고민하느라 너랑 더 이야기할 시간이 많지 않겠어."

액자는 혼자만의 시간이 필요해 보였어요.

이번엔 조용한 가게 안으로 짧고 규칙적인 소리가 들려왔어요. 소리가 나는 곳엔 오래된 시계가 걸려 있었어요. 시계의 똑딱거리는 소리에 접시의 마음이 두근거렸어요.

“언젠가 당신과 비슷한 소리를 들은 적 있어요. 뷔페에 있을 때였죠. 손님이 가슴 가까이에 날 안고 있었어요.” 접시가 말했어요.

“사람의 심장 소리를 말하는구나.” 시계가 말했어요.

“당신의 소리는 그와 닮았어요. 당신은 누구이기에 나의 마음을 재촉하는 건가요?”

“난 살아 있는 시간을 알려 주고 있어.”

“누구에게요?”

“내 소리를 들을 수 있는 모두한테 말이야.”

“그래서 모든 사람이 시계를 집에 걸어 놓는지도 모르지. 다들 말은 하지 않지만 느끼고 있는 거야. 삶이 흐르는 소리를.”

옆에 있던 만년필이 대화에 끼어들었어요.

“그런 당신의 시간도 흘러가고 있나요?”

접시가 시계에게 물었어요.

“나 또한 영원하지 않아.” 시계가 대답했어요.

## 40

머지않아 겨울이 찾아왔어요.

그 무렵, 창밖으로 커다란 포크들이 보였어요. 그들은 길가에 듬성듬성 서 있었죠. 모두 검고 길었어요.

접시는 내색하진 않았지만, 그들이 잘 만들어진 포크라고 생각하지 않았어요. 사람들이 사용하기엔 터무니없이 컸을 뿐만 아니라, 어찌나 들쭉날쭉한지, 입에 넣으면 잇몸을 여기저기 찔러 댈 게 분명했거든요.

날이 따뜻해지면서 포크 사이로 연두색의 좁쌀 무더기가 잔뜩 피어나기 시작했어요.

'포크를 바깥에 두는 데다가 설거지를 제대로 하지 않아서 곰팡이가 핀 게 분명해.'

접시는 포크들을 보고 생각했어요.

시간이 지나자, 연두색 좁쌀들은 아이들의 오므린 손처럼 자라났어요. 연두색이었던 빛깔도 어느새 초록이 되었어요.

다 자란 초록 좁쌀들은 윙키드의 손바닥을 닮아 있었어요. 접시 안에 폭 들어올 듯 작은 크기에, 윙키드 손의 부드러운 주름까지 그대로 가지고 있었죠.

접시는 창밖에도 윙키드의 손이 있다고 생각하니 기분이 좋았어요. 윙키드가 가게를 비울 때도 창밖을 보면, 꼭 그가 앞에 서 있는 것만 같았거든요.

초록의 손이 많은 풍경을 만난 뒤로, 창밖을 바라보는 시간은 접시에게 빼놓을 수 없는 일상이 되었어요.

윙키드는 언젠가 창밖의 포크들을 '나무'라고 불렀어요.

## 41

윙키드는 그림 그리는 걸 좋아했어요.

그는 길을 걷다가 그리고 싶은 풍경이 보이면, 그 자리에 앉아 그림 도구가 든 짐 꾸러미를 풀었어요. 말아 놓은 흰 도화지를 펼치고 조각 수건과 물통을 다리 옆에 두었어요. 수염 달린 젓가락도 크기 별로 나란히 두었어요. 그가 붓이라고 부르는 것들이었어요.

윙키드는 접시 위에 빛깔이 다른 여러 가지 소스를 짰어요. 그건 물감이라고 부르는 것들이었는데, 텁텁한 냄새가 나서 입맛을 돋우진 않았어요. 색마다 냄새도 조금씩 달랐지만, 거의 비슷했어요. 이를테면 삶은 청경채와 찐 청경채 그리고 많이 달라 봤자 볶은 청경채 정도의 차이랄까요. 아무튼 맛있는 냄새는 아니었어요.

물감은 색이 다채로웠어요. 접시는 물감을 몸에 입으니 어쩐지 패션 잡지들처럼 멋을 부린 듯했어요. 음식보다는 화려한 팔찌나 옷가지를 두른 듯했죠. 접시는 자기도 모르게 도도하고 새침해질 것만 같은 기분마저 들었어요.

윙키드가 손에 접시를 얹으니, 손아귀에 접시의 가장자리가 꼭 맞았어요.

윙키드는 물에 적신 붓 끝에 물감을 묻혀서 접시에 문질렀어요. 접시는 붓이 포크나 나이프처럼 딱딱하지 않고 부드러워서, 몇 번이고 몸에 닿아도 기분이 나쁘지 않았어요. 긴장할 필요도 없었어요.

윙키드는 제 눈앞에 보이는 걸 그대로 흰 종이에 옮겨 담았어요. 그가 그림을 그리는 동안, 접시는 그의 손 위에서 균형을 잡으면서도 제 몸에 맞닿는 탁 트인 공기를 음미했어요.

# 42

하루는 윙키드가 뜨거운 햇살을 피해 그림 도구를 들고 나무 아래로 갔어요. 그늘 아래 시원한 공기가 접시의 가장자리에 맴돌았어요.

"나무를 이토록 가까이서 본 건 처음이야." 접시가 나무를 올려다보며 말했어요.

나뭇잎이 바람에 흔들렸어요.

"가까이서 보니 더 닮았네." 접시가 말했어요.

"뭐가?" 물감 묻은 조각 수건이 그에게 물었어요.

"윙키드의 손 말이야. 여기 나뭇잎에 난 주름을 봐. 꼭 그의 손바닥을 닮았지?" 접시가 말한 주름이란 건 나뭇잎의 잎맥이었어요.

"그렇네." 조각 수건도 함께 나무를 올려다봤어요.

"하지만 무척 얇구나, 무언가를 쥘 수도 없을 만큼 연약해 보여." 접시는 힘없이 바람에 흔들리는 잎사귀를 보고 말했어요.

바람에 흔들리던 잎사귀 하나가 떨어져 접시의 몸에 닿았어요.

"슬퍼하지 않아도 괜찮아. 오히려 나는 바람을 타고 움직일 수 있어서 좋은걸." 나무가 부드럽게 말했어요.

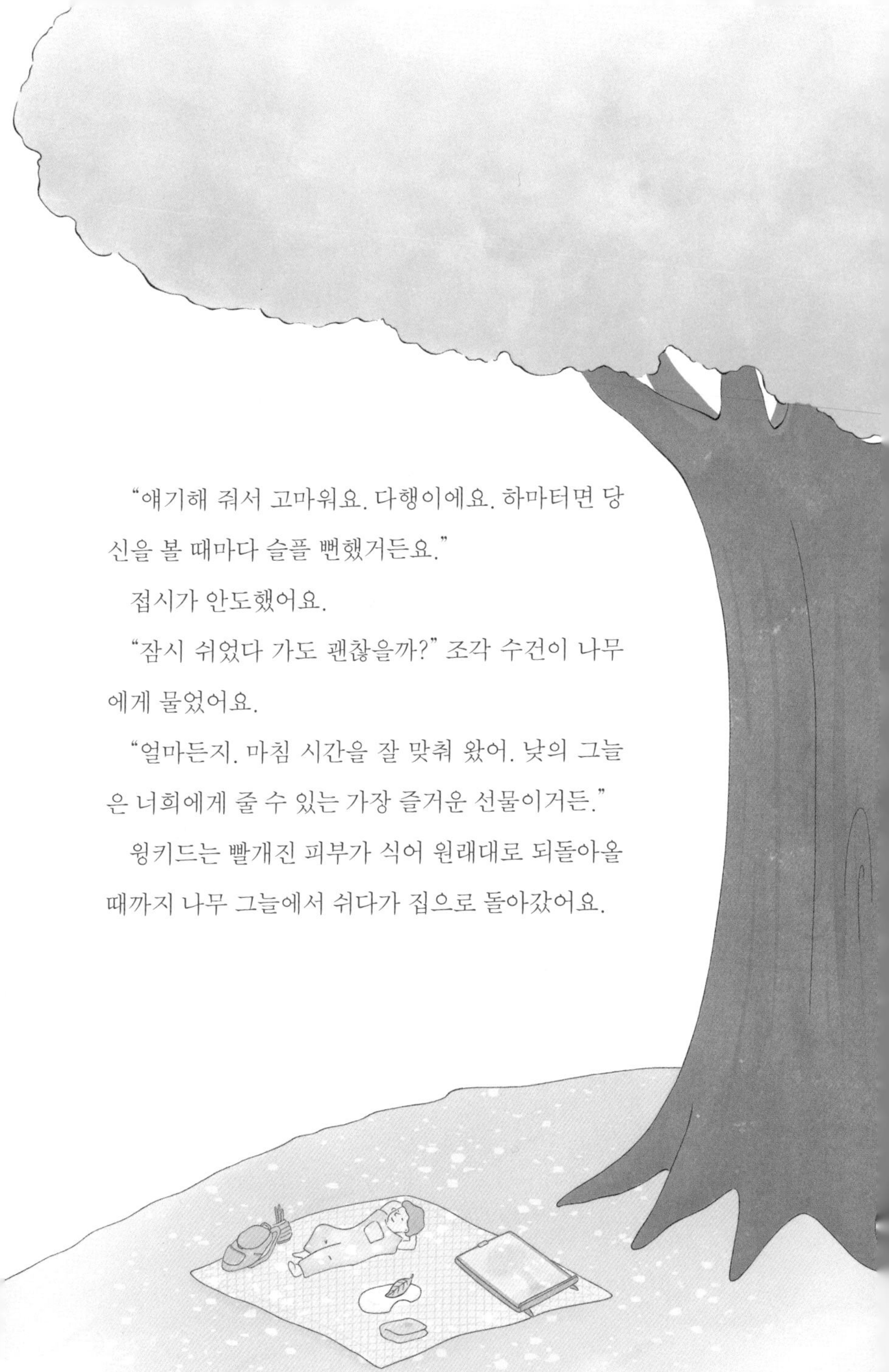

“얘기해 줘서 고마워요. 다행이에요. 하마터면 당신을 볼 때마다 슬플 뻔했거든요.”

접시가 안도했어요.

“잠시 쉬었다 가도 괜찮을까?” 조각 수건이 나무에게 물었어요.

“얼마든지. 마침 시간을 잘 맞춰 왔어. 낮의 그늘은 너희에게 줄 수 있는 가장 즐거운 선물이거든.”

윙키드는 빨개진 피부가 식어 원래대로 되돌아올 때까지 나무 그늘에서 쉬다가 집으로 돌아갔어요.

## 43

접시는 윙키드의 팔레트가 되어, 마을 이곳저곳을 함께 돌아다녔어요.

언덕 너머 들판엔, 간밤에 내린 소나기 때문인지 땅이 촉촉했어요. 물기를 머금은 흙은 촉촉한 브라우니 케이크 같았어요. 하지만 케이크처럼 달콤한 냄새는 나지 않았어요.

나무가 빼곡한 숲을 구경하는 것도 재미있었어요. 나무마다 모양이 달랐거든요.

자작나무는 화이트초콜릿을 바른 줄기에 오레오 쿠키를 잘게 부숴 군데군데 묻힌 듯했어요. 자작나무 근처에 가면 단 냄새가 날 것 같았지만, 의외로 상쾌한 냄새가 났어요.

소나무는 가지마다 솔방울을 쥐고 있는 모습이 꼭, 두 손 가득 접시를 들고 바쁘게 움직이는 뷔페의 홀 직원들 같았어요. 소나무들은 과묵하지만 유머를 잃지 않았어요.

냇가에 다녀온 일도 좋았어요.

그날 윙키드는 냇물 가까이 앉아 짐 꾸러미를 풀어 두고 그림을 그렸어요.

그가 물에 들어가 몸을 식히는 동안, 물속이 궁금했던 접시는 뷔페에서 그랬던 것처럼 냇물 안으로 뛰어들었어요. 새침한 냇물은 처음 만난 그를 살짝 밀어내는 듯하더니 이내 물 안으로 받아주었어요.

물속은 고요했어요.

뿌연 시야 속에 올챙이 여럿이 지나다니는 게 보였어요.

한 올챙이가 접시를 보고 말했어요.

"이것 봐, 동그랗고 납작하게 생긴 물고기야."

한쪽 뒷다리만 나온 올챙이도 그를 보고 말했어요.

"이건 물고기가 아니라 돌이야."

아직 다리가 채 나오지 않은 올챙이가 꼬리를 흔들며 말했어요.

"아냐, 돌도 아닌 것 같아. 희고 매끈하잖아. 하여튼 신기하게 생겼다."

접시와 올챙이들은 서로를 신기해했어요.

윙키드가 밟고 선 돌엔 이끼가 잔뜩 자라 있었어요. 이끼는 소년의 짧게 깎은 머리카락처럼 보였어요. 하지만 촉감은 물고기의 비늘보다 미끄러웠어요.

접시가 윙키드에게 외쳤어요.

"발밑을 조심해, 윙키드. 초록 잎이 꼭 잔디를 닮았지만, 올리브유를 발라 놓은 것처럼 미끄러워!"

윙키드는 그의 말에 대답이라도 하듯, 몇 발짝 떼어 다른 돌 위로 옮겨 갔어요.

물이 맑았던 터라 접시는 윙키드에게 금세 발견되어 다시 물 밖으로 올라가야 했어요.

## 44

윙키드는 이따금 접시에 마른 간식을 올려 먹기도 했어요. 윙키드가 처음으로 접시에 물감 대신, 마른 과일 몇 조각을 담았던 날이었어요.

'이게 전부라고?'

뷔페에서 줄곧 여러 음식을 가득 담아 왔던 접시는, 윙키드가 음식을 조금밖에 담지 않자 낯설었어요. 게다가 윙키드는 접시를 들고 식탁을 지나쳐 갔어요. 접시가 또다시 생각했어요.

'식탁은 저쪽인데, 어디서 먹으려는 거지?'

윙키드는 흔들의자에 앉아 접시를 무릎 위에 올려 두었어요. 그는 의자를 앞뒤로 흔들며 아무렇지 않은 기색으로 마른 바나나를 하나 집어 먹었어요.

'오, 이런. 움직이는 의자에 앉아서 음식을 먹는단 말이야?'

항상 테이블 위에 접시를 두고 식사했던 뷔페 손님들과 다르게, 윙키드는 종종 접시를 무릎이나 바닥, 소파 팔걸이에 두었어요. 그럴 때마다 접시는 멀미가 나듯 어지러웠어요. 무릎 위에서 간식을 흘리지 않으려면 균형 감각도 더 길러야 했어요.

가정집의 싱크대는 뷔페 주방에 비해서 터무니없이 작았어요. 가정집에 있는 그릇들은 설거지를 할 때 스스로 물이 튀지 않도록 조심했지만 접시는 그런 규칙을 몰랐어요. 그는 윙키드와의 첫 설거지에, 아무 생각도 없이 가만히 그의 손 위에 누워 있다가 물줄기가 윙키드에게 튀도록 만들었어요. 윙키드의 머리와 셔츠가 전부 젖어 버렸어요.

"오, 이런. 정말 미안해!" 접시가 외쳤지만, 윙키드는 듣지 못했어요.

누군가와 생활한다는 건 새로운 세상을 배워야 하는 일이었어요.

그래도 윙키드와의 생활은 뷔페에 있을 때보다 훨씬 여유로웠어요. 골동품 가게나 집엔 뷔페처럼 사람들이 우르르 들어오는 일도 없었고, 마흔 가지의 음식이 매일 차려지는 일도 없었으니까요.

접시는 윙키드와 지내면서 제 몸 가장자리에 맴도는 여유를 곧잘 즐겼어요.

## 45

윙키드의 방엔 이제껏 접시가 보지 못했던 물건들이 더러 있었어요. 윙키드가 그림을 그리러 나가지 않는 날이면, 접시는 방에서 그들과 이야기를 나눌 수 있었어요.

납작붓과 물통은 윙키드와 함께 밖에 다녀온 이야기를 풀어 놓는 걸 좋아했어요. 그러면 늘 방 모서리에 있던 라탄 의자가 그들의 이야기를 재미있게 들었어요. 윙키드의 손에 겨우 잡힐 만큼 짧은 몽당연필은, 납작붓과 물통의 이야기를 직접 종이에 남겨 두지 못하는 걸 언제나 아쉬워했어요. 그는 언젠가, 제 삶이 끝나기 전에 윙키드와 그림을 그리러 밖으로 나가는 게 소원이었어요.

모래시계는 감정 기복이 심했어요. 그는 평소에는 조용하고 느긋한 목소리로 물건들과 이야기를 나눴어요. 하지만 윙키드가 뒤집어 놓아서 모래알이 아래로 떨어질 때면, 모래가 다 떨어질 때까지 초조해하면서 자기 이야기도 하지 않고 남의 이야기도 듣지 않았어요.

어느 날은 접시가 먼저 말문을 열었어요.

"나는 여행이 좋아."

"그게 뭐니?" 모래시계가 느긋하게 물었어요(이날은 모래가 떨어지지 않았어요).

접시가 먼 곳을 바라보며 말했어요.

"예전에 잡지 책이 알려 준 말이었는데, 그는 여행이란 가게 되는 곳마다 맴도는 공기를 몸에 걸쳐 보는 거랬어. 공기를 맛보기도 하고 냄새도 맡아 보면서 말이야. 하지만 그때 옆에 있던 만년필은 또 다르게 이야기했어. 그는 여행이 곧 오늘이랬어."

몽당연필이 이번에도 접시의 이야기를 종이에 적지 못하는 걸 아쉬워하며 물었어요.

"그럼 네 여행은 뭐야?"

"내 여행?" 접시는 이제껏 잡지 책과 만년필에게 들었던 얘기로만 해석해서 여행을 해 왔어요. 그래서 그는 오늘의 공기를 제 몸에 담는 걸 여행이라 여겨 왔어요. 하지만 조금 더 생각해 보니, 자기만의 여행을 알 것만 같았어요. 접시는 부드러운 목소리로 물건들에게 말했어요.

"눈을 뜨고 지금을 바라보는 거야. 그리고 마음으로 춤을 추는 거지. 느리게라도 춤을 추면 돼. 그러면 모든 게 다 내겐 여행이 돼."

줄자가 눈금을 세며 물었어요.

"여행에도 규칙이 있니?"

접시가 답했어요.

"응. 마음에 간직하고 싶을 만큼 아름다운 순간을 만나면, 한없이 기뻐하는 거."

그때 함에 갇힌 곰 인형이 까탈스러운 목소리로 접시에게 물었어요.

"근데 가긴 어딜 간단 말이니?"

접시가 그에게 대답했어요.

"그건 나도 알 수 없어."

함에 갇힌 곰 인형이 이번엔 배배 꼬인 목소리로 말했어요.

"넌 대체 알아듣지도 못할 소리만 하는구나."

함에 갇힌 곰 인형은 언제나 접시를 안타깝게 여기며 동정했어요. 그는 윙키드와 함께 그림을 그리러 다니는 도구들을 마치 홀로 우물가에 놓인 어린아이를 보듯 했어요. 특히나 그는 다른 붓이나 물통보다 접시가 깨지기 쉽다면서, 접시가 밖에 다니길 좋아하는 걸 이해하지 못했어요. 그 인형은 항상 접시나 다른 물건들이 자기처럼 몸을 함에 가두길 바랐어요.

함은 그의 세상 전부였어요. 그는 혼자만 존재하는 세상 속에서 언제나 자신이 최고라고 여겼어요. 그가 당당한 목소리로 말을 할 때면, 동글 납작한 플라스틱 콧대마저 하늘처럼 높아 보였어요.

"얘 접시야. 네 말은 듣기만 해도 불안해. 어째서 안전한 것보다 위험한 게 중요하단 말이니? 어딘가로 나간다는 건 상상만 해도 끔찍해. 나처럼 함 속에 있으면서 늘 안전함만 느끼며 살면 되는걸."

그의 말을 들은 접시는 지금까지 자신이 지나왔던 여행길을 되돌아봤어요. 뷔페와 거리를 지나 쓰레기가 모여 있던 산 그리고 이곳 골동품 가게까지. 어쩌면 그의 말대로 위험천만한 길을 지나온 건지도 몰랐어요.

문득, 접시는 마티스가 보던 TV 속 다큐멘터리 프로그램이 생각났어요. 거기에 나왔던 영광의 상처를 지닌 사자처럼, 자신이 아주 늠름하게 느껴졌어요. 다른 채널의 영화에서 봤던 갑옷을 입은 용사가 된 거 같은 기분마저 들었어요.

접시는 제 몸 가장자리가 수사자의 갈기처럼 풍성해지는 상상을 했어요.

46

윙키드는 학교에 다니는 가을 학기 동안 그림을 전혀 그리지 않았어요. 그는 접시를 부엌 싱크대 선반에 올려 두고는 겨울이 올 때까지 까먹었어요.

그동안 접시는 부엌 창가에 있던 식물과 친해졌어요. 조그만 화분에 든 이름 없는 풀이었어요. 이파리가 꼭 어린아이의 주먹을 닮아 있었어요.

접시와 식물은 서로 장난치길 좋아했어요. 접시는 늘 식물에게 가위바위보를 하자고 했어요. 그러면 식물은 언제나 주먹을 쥔 꼴이었고, 몸이 활짝 펼쳐진 접시는 보를 낸 모양이었어요. 그래서 늘 접시가 이겼어요.

그러다 언젠가부터 하나였던 식물의 줄기가 두 갈래로 나뉘어 자라기 시작했어요. 두 개의 줄기가 꼭 가위 모양의 손을 닮게 되었죠.

그때부터 늘 접시가 가위바위보를 졌어요.

## 47

마티스의 외모 중에 접시의 눈에 띈 건 그의 주름이었어요. 마티스가 웃을 때마다 두 눈 옆으로 여러 개의 잔주름이 생겼다가 사라졌어요. 그의 손등에 새겨진 주름은 무언가를 쥐었다가 펼 때마다 다른 그림을 그리듯 움직였어요. 접시는 매끈한 제 몸과 달리 삶의 흔적을 고스란히 지닌 그가 부러웠어요. 접시는 생각했어요.

'만년필이 종이에 글을 쓰는 것처럼, 마티스는 그동안의 여행을 피부에 그려 놓은 걸까.'

접시는 어느 날 꿈에서 마티스와 대화를 나누었어요.

"당신의 주름은 정말 아름다워요. 촘촘한 길이 얼굴 위에서 생겼다가 사라지곤 해요. 나에겐 아무것도 남지 않는데요."

꿈속의 마티스는 접시에게 이야기했어요.

"접시야, 넌 그저 세월을 몸에 새기는 데에 우리보다 시간이 더 필요할 뿐이란다."

48

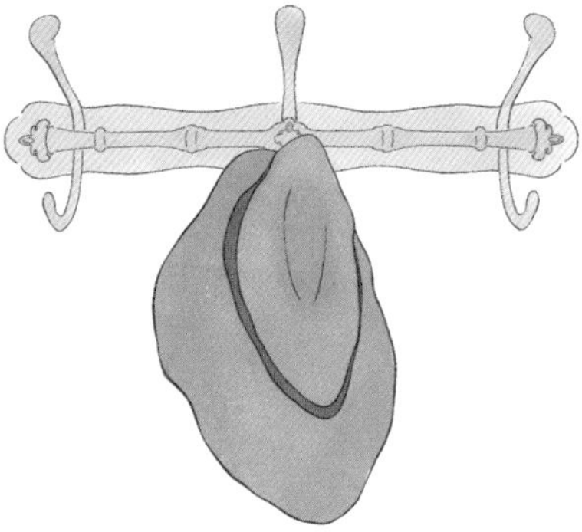

접시는 마티스의 모자와 이야기하는 것도 좋아했어요. 마티스는 낡은 천의 밤색 모자를 아침 산책마다 썼어요. 모자는 아침 산책 시간 외에는 늘 골동품 가게 현관 앞의 옷걸이에 걸려 있었어요. 항상 제 무게를 견디지 못하고 살짝 늘어졌어요.

어느 날 접시는 모자에게 삶이 지루하지 않은지 물었어요.

모자가 낮잠에서 깨어난 목소리로 대답했어요.

"나는 느슨한 나날을 여행하지. 나의 시간은 아주 느리게 흘러. 아침마다 마티스와 산책하는 시간, 그 시간으로 하루를 살아. 남은 삶 동안 단 하나 바라는 게 있다면, 내 챙이 조금만 더 길어서 마티스의 눈이 부시지 않았으면 하는 거야. 마티스가 미간을 찌푸리지 않고도 좋아하는 풍경을 느긋하게 볼 수 있었으면 해. 그러지 못하는 게 늘 아쉬워."

모자는 언제나 마티스를 먼저 생각했어요.

접시는 그가 좋은 모자라고 생각했어요. 그에겐 마티스의 머리를 덥히는 만큼의 따뜻함이 있었어요.

## 49

이듬해 봄엔, 윙키드에게 새로운 팔레트가 생겼어요.

오랜만에 다녀온 쓰레기 산에서 가볍고 튼튼한 알루미늄 소재의 팔레트를 주웠거든요. 접시에는 많아 봐야 12색의 물감을 짤 수 있었지만, 그 팔레트엔 32색이나 물감을 짜 놓을 수 있었어요. 윙키드에겐 더 이상 접시가 필요하지 않았어요.

윙키드는 접시를 깨끗하게 씻어서 골동품 가게 선반에 잘 보이도록 얹어 두었어요. 그는 상품 설명란 카드에 이렇게 적었어요.

'팔레트로 쓸 수 있고 디저트도 담을 수 있는 만능 접시'

그 아래 가짜 이야기도 썼어요.

'유명한 미술가 JO. H의 저택에서 발견됨.'

## 50

한가하던 골동품 가게에 오랜만에 손님이 찾아왔어요.

문을 딸랑이며 들어오는 손님의 인기척에, 윙키드가 가게 안쪽에서 인사했어요. 그런데 인사말이 채 끝나기도 전에 그는 말을 흐렸어요.

"어서 오세…"

아무래도 그는 가게에 들어온 손님을 보고 얼어 버린 듯했어요.

단발머리의 중년 여자와 정체를 알 수 없는 키가 작고 왜소한 사람이 함께 손을 잡고 있었어요. 정체를 알 수 없는 사람은 쭈뼛쭈뼛 중년 여자를 따라 들어왔어요.

윙키드는 목소리를 가다듬고 마지막에 뱉지 못했던 말을 기침 소리와 함께 덧붙였어요.

"크흠, 세요, 손님."

정체 모를 사람은, 정말이지 정체를 알 수 없는 복장을 하고 있었어요. 커다란 챙모자를 쓰고 있었는데, 챙이 어찌나 긴지 그림자가 그의 갈비뼈를 덮을 만큼 길었어요. 굵게 너울대는 모자챙 사이로 살짝 보인 얼굴은 검은 선글라스로 가려져 있었어요. 그게 끝이 아니었어요. 그는 속이 꽉 찬 배추처럼 여러 겹으로 옷을 껴입었어요. 신고 있던 부츠도 종아리를 전부 덮을 만큼 길었어요. 말 그대로 온몸을 옷가지로 꽁꽁 싸맨 모양새였어요. 그가 손에 지팡이만 들고 있었다면, 어느 판타지 영화에 나오는 인기 덜한 마법사를 따라 입은 코스튬 같았을 거예요. 예를 들면 바닥에 떨어진 낙엽으로 소용돌이를 만든다든지, 마법 나무에 대한 정보가 가득한 백과사전을 줄줄이 욀 것만 같은 마법사 말이에요.

옷으로 꽁꽁 싸맨 모습만 봐서는 그가 여자인지 남자인지, 소년인지 소녀인지, 할머니인지 할아버지인지 전혀 알 수 없었어요.

중년 여자는 호기심 어린 눈으로 골동품을 둘러보았어요. 정체 모를 그는 여자의 손을 꼭 잡고 걸으며 어색하게 가게를 둘러봤어요. 그 모습이 마치 가시를 바짝 세운 고슴도치나 이제 막 세상에 나온 기린 같았어요.

빈티지 포크와 나이프 세트를 계산하던 여자가 그에게도 살 것이 있냐고 물었어요. 윙키드는 당연히 그가 이 가게에서 무언가를 사리라고 기대하지 않았어요. 그가 가게를 둘러보는 모습이 마치 얼음 덮인 외다리를 건너는 노루처럼 불편해 보였거든요.

하지만 그는 잠깐 머뭇거리는 듯하더니, 집게손가락도 아니고 새끼손가락 끝으로 매대 한편을 가리켰어요.

그건 접시였어요.

## 51

윙키드는 접시를 가져오며 말했어요.

“손님께서는 입으신 옷처럼 안목이 좋으시네요.” 윙키드는 어린 나이에도 거짓말을 제법 할 줄 알았어요. “잘 고르셨어요. 이 접시는 보시는 것처럼, 모양부터가 독특하죠? 제가 감히 예상하기로는 미술가 JO. H가 직접 주문해서 제작한 접시가 아닐까 싶어요. 그래서 귀하죠. 조금 비싼 것 같아도 그 값을 톡톡히 할 거예요.”

그는 감색 포장지를 꺼내, 손님의 마음이 바뀌기 전에 냉큼 접시를 감쌌어요.

“윙키드, 나는 이제 어디로 가게 되는 거야?” 포장되고 있던 접시가 그에게 물었어요.

윙키드는 대답 대신 '새로운 여생'이라는 글씨가 적힌 가게 로고 스티커를 그의 밑동에 붙여 주었어요. 접시는 그 글씨를 잘못 읽고 대답했어요. "새로운 여행이라고? 답을 알려줘서 고마워, 윙키드."

골동품 가게 현관 앞에 있던 오래된 앤티크 의자가 그 얘기를 듣고 침묵을 깼어요.

"새로운 여행이라, 내겐 정말 오래된 이야기야. 단 한 번도 지워진 적 없는 꿈이기도 하지." 그는 자기 몸에 옅게 쌓인 먼지를 내려다보며 이야기했어요. "그래, 여행이란 참 이상한 단어야. 뱉는 순간, 날 가본 적도 없는 곳으로 데려가. 그럼 또 설레고 말아."

접시도 그의 말에 귀 기울였어요.

"여행은 보이지 않는 실로 이어진 길 같지. 그 실이 어떤 뜻이라면, 내게도 모습을 드러내 주면 좋겠는데." 의자가 창밖을 바라봤어요.

"어쩌면 지금은 나에게 모습을 드러내지 않는 게 뜻인지도 모르지."

접시는 그의 여행이 계속되고 있다고 믿었어요.

"멀지 않은 언젠가, 당신이 기쁘게 웃길 바라요."

의자가 호탕하게 웃으며 말했어요.

"오늘은 그대의 실이 모습을 드러내는 날이니, 기쁘게 축하해

야겠지."

접시는 그의 마음만큼 반짝이는 건 없다고 생각했어요.

만년필도 접시가 포장되는 걸 옆에서 지켜보고 있었어요. 그는 아주 먼 옛날 영화의 주인공처럼 말했어요.

"잘 가게, 접시여. 우리가 다시 만나게 되면 그대의 여정을 나에게 들려주오. 그대의 이야기를 잉크에 담아 노트에 새겨 놓을 거라네. 세상이 그대를 기억할 수 있도록 말이야. 함께해서 즐거웠어. 접시, 그대의 앞날에 축복만 가득하길 바라네."

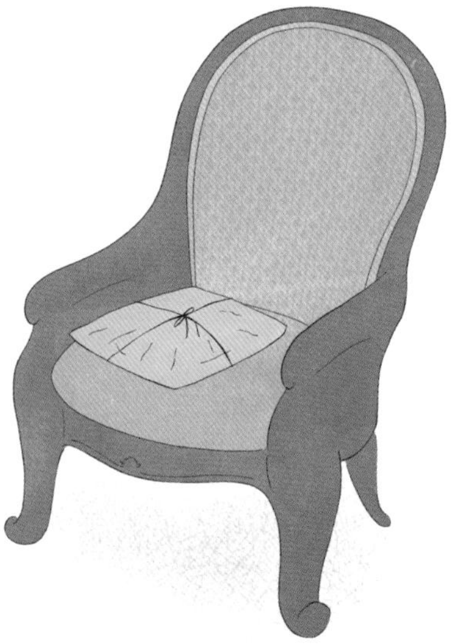

## 52

접시는 정체 모를 사람의 품에 안겨, 그가 사는 집으로 갔어요.

그 사람에게선, 오랫동안 장롱에 보관한 옷처럼 묵은 냄새가 났어요. 골동품 가게에 진열된 장롱에 10년째 장식되어 있던 빈티지 드레스에서 풍기던 냄새랑 비슷했어요. 그래도 그 드레스보다는 앳된 향이었어요.

밤이 되어서야, 정체 모를 그가 접시를 감싸고 있던 포장지를 풀어 보았어요.

이윽고 접시의 눈앞에 모습을 드러낸 사람은, 낮에 가게에서 봤던 사람과는 아주 딴판이었어요. 같은 사람이라고는 전혀 생각하지 못할 정도로 말이에요. 온몸을 칭칭 감싸고 있던 암막 커튼 같은 옷가지들이 하나도 보이지 않았거든요. 심지어 양말도 신지 않은 맨발이었죠.

접시 앞에, 윙키드 또래의 소녀가 커다란 눈을 깜빡이며 그를 바라다보고 있었어요.

그녀는 쇄골까지 내려오는 곱슬머리를 풀어 헤친 채 넉넉한 품의 리넨 자수 원피스를 입고 있었어요. 몸에 걸친 거라곤 그게 전부였어요. 오래된 옷장 냄새가 아니었다면 접시는 그녀를 알아보지 못했을 거예요.

## 53

"안녕."

인사를 먼저 건넨 건 소녀였어요.

그녀는 접시에게 처음으로 먼저 인사를 건넨 사람이었어요. 그 사실만으로도 접시는 그녀가 좋아졌어요.

접시도 따라 인사했어요.

"안녕."

# 3장

## 54

소녀는 접시를,
접시는 소녀를 바라봤어요.

문득, 접시는 소녀의 눈동자가 제 몸을 닮았다는 생각이 들었어요. 소녀의 눈동자에 제 몸이 비쳐서 그렇게 보이는 게 아닌가 생각했지만, 글쎄요.

정말로 소녀의 눈동자는 접시를 닮아 있었어요.

깜빡이는 눈꺼풀 아래,
커다랗고 투명한 갈색 눈동자가 말갛게 반짝거렸어요.

누군가 그 눈동자를 잠시 바라봤다면,
그녀의 눈빛이 단단하다고 말했을지도 몰라요.

접시는 가만히, 오래도록 그 눈동자를 들여다보았어요.
그러자 알 수 있을 것 같았어요.

눈동자에 비친 소녀의 마음을요.

그건 작은 바람에도 파도를 일으키는 여린 샘 같았어요.

접시는 혹, 두 눈동자가 스치는 바람에도 깨어 부서질까, 두려운 마음이 들었어요.

접시는 오래도록 그 동그란 창을 들여다봤어요.

접시는 소녀의 말간 얼굴을 보고 예감했어요.

그녀가 곧 자신의 다음 여행지가 될 거란 걸요.

## 55

"내 이름은 하슬라야."

"안녕,
소중한 하슬라."

56

접시가 하슬라와 눈을 맞추고 인사를 나눈 건 우연이 아니었어요. 하슬라는 열두 살이었지만, 여전히 물건들과 대화를 나눌 수 있었어요.

접시는 그 사실에 조금 놀라고 말았어요.

물론, 이제까지 접시가 봐 왔던 어린아이들은 때때로 물건과 친구가 되기도 했어요.

일고여덟 살이 채 되지 않은 아이들 말이에요.

그때의 어린아이들은 마음이 말랑해서, 친구를 맺는 마음에도 틀이 없으니까요.

어린아이들은 사람들하고만 친구를 맺어야 한다고 생각하지 않아요. 마음이 맞는다면 얼마든지 인형이나 색연필 그리고 집 앞의 그네와도 절친한 친구가 될 수 있죠. 우리가 어릴 적 인형 친구를 하나씩 가졌던 것처럼 말이에요.

하지만 아이들은 커 가면서 물건 친구들을 잊어 가요.

어른들에게 '사람으로 살아가기 위한 무수한 규칙들'을 배워야 하거든요. 아마도 그 규칙에 '마음이 맞는다면 물건과도 친구가 될 수 있다'라는 항목은 빠진 모양이에요.

어른들은 모두 사람하고만 친구를 맺으니까요.

어린아이들은 수많은 규칙을 배우는 것만으로도 이미 머리가 꽉 차 버려서, 물건들과 나누었던 소소한 대화를 잊어버리고 말아요. 어느새 아이들은 물건들과 나눴던 소중한 우정을 어린 날의 추억이라고 부르기 시작해요. 그리고 더 이상 물건들의 목소리를 듣지 못하게 되죠.

하지만 이 이야기를 듣고 너무 슬퍼하지 않아도 괜찮아요.

아이들은 세상의 규칙들을 배우면서, 사람들과 함께 살아가는 방법을 배우니까요. 서로를 기쁘게 하고 또 서로를 지키는 방법을 알아 가는 거예요.

하지만 하슬라는 여전히 자기 새끼손가락만 한 손톱깎이가 웃음을 참는 소리나, 똥이 되어 사라지기 직전의 조그만 지우개가 내쉬는 한숨 소리까지도 들을 수 있었어요. 당연히 그들과 이야기를 나누기도 했고요.

대신 하슬라는 또래 친구가 한 명도 없었어요. 그녀는 학교도 가지 않았고, 좋아하는 과자나 젤리를 사러 슈퍼에 나가는 일도 없었어요. 하슬라의 친구라면 집 안에 있는 물건들이 전부였어요.

아주 아주 정-말 어쩌다가,

아주 아주 가--끔,

'이번엔 정말 가야만 해.'라고 엄마가 단호하게 이야기하는 누군가의 결혼식이 있을 때면, 하슬라는 골동품 가게에 왔던 그날처럼 온몸을 칭칭 싸매고 밖으로 나갔어요. 그러곤 엄마의 손을 꼭 붙잡고 따라다녔어요(골동품 가게에 왔던 날도 하나뿐인 사촌 언니의 결혼식 날이었어요).

하슬라는 밖에 나가면 먹지도 마시지도 않았어요. 화장실도 들르지 않아서 배가 아파도 얼굴이 새파랗게 질릴 때까지 꾹 참았다가 집에 돌아와 볼일을 봤어요. 밖에선 땀이 나도 장갑이나 부츠를 절대 벗지 않았어요. 밖이라면 밤에도 선글라스를 꼈어요.

## 57

하슬라는 바깥이 무섭고 싫었어요.

왜냐고 물어본다면, 이렇게 대답했을 거예요.

"모두 알다시피 집 밖은 위험해요. 동서남북 어디든 양보 없이 빠르게 달리는 자동차에, 그 쇳덩이로 빚어진 궁둥이마다 뿜어대는 매연은 지독하죠. 길을 걷는 것도 다르지 않아요. 삐뚤빼뚤한 보도블록 위를 걷는 건 함정 놀이판 위에서 곡예를 하는 느낌이에요. 길가의 맨홀은 언제 땅 밑으로 꺼질지 몰라요. 풀밭에 잘못 앉았다가 지독한 진드기나 빨간 개미에 물릴지도 모르고요. 쉬어 가라고 만든 공원의 나무 벤치도 방심해선 안 돼요. 나무 가시가 튀어나와 있을지 모르거든요. 그게 허벅지를 찌르면 말도 못하게 아플 거예요. 얼마 전에 골프공만 한 우박이 내렸다는 뉴스를 본 적 있나요? 머리 위에선 뭐가 언제 떨어질지 몰라요. 그토록 위험천만한 길에서 멀쩡하게 웃는 사람들의 속은 더욱 알 수 없어서 조심해야 해요. 그들에게서 나를 보호하기 위해 검은 선글라스를 쓰는 거예요. 나의 속내를 쉽게 내보이지 않기 위해서요. 이건 시작에 불과해요!"

하슬라가 바깥을 싫어하는 이유를 모두 나열하자면, 이 책은 그다음 이야기를 싣지 못하고 끝나 버릴 거예요. 어느 대학교에 길거리의 위험성에 관해 공부하는 학과가 있다면, 그녀는 수석 입학생이 되었을 거예요. 아니, 교수가 되었을지도 몰라요.

높은 울타리로 둘러싸인 집만이 하슬라를 편안하게 했어요.

그 안에서만 그는 자유로웠어요.

## 58

하슬라의 방에 자리한 가구들은 서로 닮은 모습이었어요. 흰색으로 칠을 한 밝은 나무로 된 것들이었는데, 모두 그녀가 어릴 때부터 함께 있던 물건들이었어요.

옷장과 침대 그리고 책상, 바퀴 달린 동그란 의자도 있었어요. 그들 모두 모나거나 뾰족한 부분 없이 곡선으로 부드럽게 마감된 가구들이었어요. 침대엔 당근색 이불이 있었어요.

하슬라의 방에서 특별히 눈에 띄는 건 창문이었어요. 창밖으로 마당이 보였는데, 마당의 울타리를 따라 그 위로는 바깥이 보이지 않도록 색칠을 해 놓았거든요.

하슬라의 방엔 책이 따로 없었어요. 책마다 바깥세상의 이야기가 넘치도록 들어 있어서 읽을 만한 용기가 나지 않았을뿐더러, 어쩌다 만났던 책들은 하나같이 그녀에게 바깥으로 나가야 한다며 훈계를 했어요. 그래서 하슬라는 책들이 보이지 않게 지하실에 두거나 엄마를 통해 벼룩시장에 내놓았어요.

방에 있는 물건들은 하슬라와 성향이 비슷했어요. 다들 방 안에만 있었기 때문에, 그녀처럼 울타리 너머의 세상에 대해 막연한 두려움을 안고 있었어요.

## 59

하슬라도 세상을 만나려고 노력해 보지 않은 건 아니었어요.

바깥세상의 이야기를 들어 보겠다며 용기 내서 TV를 켰는데, 채널마다 앵커들이 눈이 빨개지도록 끔찍한 사건 사고에 대해 언성을 높여 이야기하고 있었어요.

또 어느 날은 울타리 바깥으로 나가려고 신발 끈을 여러 번 고쳐 매기도 했어요. 심호흡을 스무 번이나 넘게 하고 대문 밖으로 나서려는데, 집 앞에 도착해 있는 오늘의 신문 1면에 찍힌 험악한 인상의 범죄자와 눈이 마주쳤어요.

하슬라는 다시 신발을 벗고 침대로 돌아가 한참을 울었어요.

## 60

접시가 하슬라의 집에 있는 물건들과 달랐던 건, 그는 이제 막 울타리를 넘어 이곳에 왔다는 거였어요. 또 그는 자신이 지나왔던 많은 일을 기쁘게 기억했어요.

접시는 자신이 울타리 바깥에서 겪었던 일들을, 하슬라와 방 안의 물건들에게 무섭지 않게 얘기해 줬어요. 이를테면 마카롱이나 단호박 수프 같은 부드러운 단어로 빗대어서 말이에요.

어느 날 접시가 하슬라와 물건들에게 말했어요.

"전에 윙키드랑 냇가에 가서 패랭이꽃을 본 적이 있는데, 그 꽃은 꼭 포크로 눌러서 모양을 낸 파스타처럼 생겼어. 윙키드가 그림을 그리는 동안, 그 꽃을 맛보고 싶은 걸 참느라 혼났어. 오월에 아직 다 피지 않은 흰 작약도, 새우가 가득 담긴 딤섬처럼 포동포동해. 얼마나 먹음직스럽게 생겼는지 몰라."

그 밖에도 접시는 뷔페에서 샹들리에가 그에게 용기를 줬던 일이나, 윙키드와 오후 두 시에 나무 그늘 밑에서 쉬어 갔던 날의 이야기 그리고 골동품 가게 현관 앞에 걸려 있는 밤색 중절모와 나눴던 이야기도 해 주었어요.

하슬라는 곧잘 접시의 말에 귀를 기울였어요.

방 안에 있던 물건들도 접시에게 호기심을 보였어요. 그들도 새로운 이야기를 듣는 게 즐거웠어요. 옷장은 접시가 말한 단어를 곱씹으면서 그게 무엇인지 상상하기도 했어요.

접시는 마치 그들에게 바깥의 소식을 무섭지 않게 전하는 말랑한 우체부 같았어요.

접시가 그들에게 말했어요.

"바깥세상은 고추를 잔뜩 넣어 만든 스튜처럼 매울지도 몰라. 쓰고 맛없는 채소를 먹는 것처럼 느껴질 수도 있어. 하지만 마카롱이나 크림빵처럼 달콤하기도 해. 때때로 길 위에서 만난 이들만의 특별한 요리를 맛보기도 하고 말이야. 골동품 가게에 있던 만년필은 정말 멋진 시인이었어. 그는 마치 오래 끓일수록 맛있는 스튜의 요리사 같았어."

하슬라는 아침에 눈을 뜨면 가장 먼저 접시에게 말을 걸었어요.

접시도 그녀와 이야기하는 게 좋았어요.

하슬라는 종종 밤늦게까지 수다를 떨다가, 접시를 침대 위에 올려 두고 자기도 했어요. 푹신한 이불 위라면, 접시 역시 밑동이 기울어도 멀미가 나지 않았어요.

## 61

어느 밤, 잠들기 전이었어요. 접시가 소녀에게 물었어요.

"하슬라, 궁금한 게 있어."

"응, 뭔데?"

"수많은 골동품 중에 왜 나를 데려온 거야? 나는 그다지 예쁜 접시도 아닌데."

하슬라는 접시를 데려왔던 날을 떠올렸어요. 그리고 대답했어요.

"그때 네가 말하는 걸 들었으니까."

"내가 뭐라고 했지?"

접시는 그날을 떠올려 보았지만 잘 기억나지 않았어요.

엄마와 사촌 언니의 결혼식에 갔던 날, 하슬라는 골동품을 구경하고 싶다는 엄마의 부탁에 가게로 들어갔어요.

문을 열고 하슬라가 들어간 순간, 놀란 기색을 보인 건 윙키드만이 아니었어요. 골동품들도 그녀를 보고 웃음을 터뜨리거나 경악했어요. 하슬라는 그런 반응이 익숙했어요. 온몸을 꽁꽁 싸매고 바깥에 나오면, 어른들은 그녀를 보고 혀를 끌끌 찼고 아이들은 몸이 닿지 않도록 길을 돌아갔어요. 물건들도 수군대는 건 마찬가지였어요. 그럴 때마다 하슬라는 거북이가 등딱지 속으로 머리를 숨기는 것처럼 넓은 챙모자의 그늘 속으로 자신을 숨겼어요.

그녀가 앞을 지날 때, 비둘기 장식품은 그녀가 마구간에서 자란 원숭이처럼 사리 분별을 하지 못할 거라고 놀렸어요. 고급 향수병은 그녀가 지난 자리에 향수를 뿌리고 싶다며 빈정댔죠. 물건들은 그녀가 자기들의 목소리를 듣지 못할 거라 여기고 더 거칠게 놀려 댔어요.

두껍게 옷을 입은 하슬라가 뒤뚱이며 좁은 가게 안을 걸었고, 이내 넘어질 듯했어요. 골동품들은 내심 그녀가 넘어져 모두에게 웃음을 주길 바랐어요. 그녀가 바닥에 아무렇게나 떨어져 있던 노끈을 밟기 직전이었어요.

"조심해요!"

누군가 그녀에게 외쳤어요.

"배에 힘을 주고 걸으면 좀 더 편할 거예요! 내가 균형 잡는 방법을 잘 알거든요. 나는 흔들의자 위에도 있어 봤어요. 그러니 내 말을 믿어도 좋아요!"

하슬라는 목소리가 들리는 데로 고개를 돌려 바라봤어요.

"넘어져 상처 내기엔 부츠가 아까운걸요."

그곳엔 접시가 있었어요.
하슬라가 계속 접시를 바라봤어요.
접시는 민망한 나머지 횡설수설했어요.

"어, 나는 당신처럼 옷을 포근하게 입은 사람은 처음 봐요! 난 만두를 좋아하는데, 당신은 만두 같아요! 소 많이 넣은 만두요. 그러니까, 멋지다는 거예요."

"그날 나는 넓은 챙모자 그늘 밑에서 조금 웃고 말았어. 밖에서 웃은 건 정말이지 처음이었을 거야."

하슬라가 말했어요.

그날 접시는 따듯한 수프를 만드는 요리사 같았어요. 접시의 말을 들은 하슬라의 마음이 따듯한 수프를 먹은 듯 온종일 따뜻했거든요.

하슬라가 불을 끄고 이불 속에 몸을 누이며 말했어요.

"잘자, 상냥한 셰프."

## 62

'쏴 —

쏴 —'

어두운 밤, 하슬라가 이불 속에서 네모난 라디오를 켰어요.
주파수는 바다라는 곳의 등대에 맞춘 거라고 했어요.
그녀가 유일하게 듣는 울타리 너머의 소리였어요.
네모난 스피커 안에서 부드럽게 물 부서지는 소리가 들렸어요.

하슬라는 바다를 좋아했어요.

"아주 어릴 적이었어. 네 살 즈음이었을 거야. 그때를 기억해."

하슬라는 처음 바다를 만났던 때를 접시에게 이야기했어요.

"엄마 손을 잡고 바다에 갔는데, 너무나도 넓은 바다를 보고 놀라서 다가가기가 무서웠어. 그저 해변에 깔아 놓은 돗자리 주변을 맴돌면서 마른 조개를 줍고 놀았어. 눈치채지 못하는 사이에 조금씩 바다에 가까워졌는데, 그때 누군가 날 부르는 목소리가 들렸어.

'처음 보는구나, 반가워.'

바다였어. 바다는 파도 끝에 거품을 빚어서 내게 보냈어. 하지만 여전히 무서워서 뒤로 물러났어. 파도가 날 집어삼킬 것만 같았거든. 그도 내가 무서워하고 있다는 걸 알아차린 것 같았어. 바다는 너울을 가라앉히고 다시 파도를 모래알처럼 잘게 부숴서 내게 보냈어. 발끝에 가는 파도 거품이 닿았을 때, 더 이상 그가 두렵지 않았어."

"따뜻한 인사구나." 접시가 말했어요.

하슬라는 바닐라 아이스크림을 한 입 떠먹었어요. 접시도 먹고 싶은 눈치였어요. 하슬라는 접시 위에 아이스크림을 한 순갈 떠 올려 주었어요. 접시는 달콤한 바닐라 맛에 몸이 사르르 녹는 듯 했어요.

하슬라가 말을 이어 갔어요.

"그때 이후로 바다는 언제나 날 기억하고 먼저 인사를 건넸어. 그럼 난 그가 보낸 파도 거품 주위로 작은 원을 그리며 뛰어놀았어. 내가 오랜만에 모습을 보일 때면, 그는 반가운 마음에 나에게 달려오다가 실수로 커다란 파도를 보내기도 했어. 그 탓에 내 바지 밑단이 다 젖은 날도 있었지. 모두가 그처럼 내게 다가와 준다면 좋을 텐데."

말을 마친 소녀의 눈동자에 옅은 파도가 일렁였어요.

"바다에 갈 땐 옷을 따뜻하게 입어야 해."

"왜?"

"근처에 바람이 많이 불거든. 바다가 해변에 있는 사람들에게 파도를 보내려면 바람이 필요해. 그것도 아주 많은 바람이."

사실 접시는 하슬라의 말을 전부 알아들을 수 없었어요. 바다도 해변도 모두 처음 듣는 말이었거든요. 하지만 접시에겐 그녀의 말이 아름다운 선율을 가진 노래처럼 들렸어요. 뷔페에 있을 적, 손님들의 말이 그러했던 것처럼요. 접시는 하슬라의 이야기를 들으며 바다를 떠올리는 게 좋았어요.

"하슬라, 더 이야기해 줘. 바다는 무슨 색이야?"

소녀가 미소를 지으며 말했어요.

"바다는 그날의 하늘을 닮았어. 데칼코마니처럼 지평선을 따라 종이를 반 접는다고 생각하면, 윗면은 하늘이고 아래는 바다가 되는 거야. 하늘에 칠을 하고 지평선을 따라 접었다가 펴면, 바다는 하늘을 따라 물들어 있는 거지."

접시가 또 물었어요.

"바다의 냄새는 어때?"

접시는 어렴풋이 알고 있었어요. 뷔페에서 맡았던 굴과 생선들의 향기를 기억하니까요. 하지만 그는 소녀의 이야기를 듣고 싶었어요. 알아듣지 못해도 그녀의 이야기를 듣는 건, 뷔페에서 디너쇼 노래를 듣는 것보다 좋았어요.

하슬라는 눈을 감고 바다의 냄새를 떠올렸어요. 잠깐 미간을 찡그리는 듯하더니, 이내 눈을 뜨고 웃으며 말했어요.

"바다에선 땀 냄새가 나. 늘 해변 앞에 있는 소나무 숲을 지날 때부터 땀처럼 짭짤한 냄새가 풍겼어. 아마도 바다는 땀을 많이 흘리는 것 같아. 매일 움직이느라 쉴 틈이 없어서일까? 어쩌면 챙겨야 할 가족이 많아서 그런지도 모르겠어. 언젠가 엄마에게 들었거든. 바닷속에 사는 생명이 셀 수 없을 만큼 많다고 말이야. 모두와 하루에 한 번씩만 안부를 묻는다고 해도 정신없이 바쁜 하루가 될 거야. 그러면 나 같아도 온몸에 땀이 날 것 같아. 그래서가 아닐까, 바닷물에 땀 냄새가 잔뜩 배어 버린 건."

하슬라의 이야기를 계속 듣고 싶은 이유가 또 있었어요.

그녀가 울타리 너머를 이야기하면서 이토록 행복한 표정을 짓는 걸 본 적이 없었거든요.

## 63

"접시야."

언젠가부터 하슬라가 부를 때마다, 접시는 마음이 이상해졌어요. 윙키드나 뷔페의 손님들이 그를 접시라고 부를 때와는 다른 느낌이었어요. 하슬라가 부르면, 접시의 마음이 훅하고 뜨거워졌어요.

윙키드와 뷔페의 손님들은 그의 쓸모를 불렀지만,
하슬라는 오직 그를 불러 주었어요.

접시는 하슬라를 바라보며 생각했어요.

'왜 네가 부를 때마다 내 마음이 울리는 걸까. 이건 알렉스가 내 위에서 뛰노는 느낌과는 달라. 그 느낌은 내게 용기를 주지만, 네가 나를 부를 땐 그 말이 내게 거울이 돼. 나를 보게 해. 살아 있게 해. 네가 부를 때마다 내가 세상에 존재한다는 걸 느끼게 해. 무수히 많은 쓸모 있는 것 중 하나가 아니라, 그냥 나로 말이야.'

접시는 또 생각했어요.

'하슬라는 정말 이상한 아이야.'

64

시간은 빠르게 흘렀어요.

시간은 이번에도 접시의 몸에 흔적을 거의 남기지 않았지만 하슬라를 보면 시간이 훌쩍 흘렀다는 걸 알 수 있었어요. 그동안 하슬라는 키가 15cm나 자랐거든요.

하슬라는 이제 곧 사람들이 성인이라고 부르는 나이를 코앞에 두고 있었어요.

오, 그동안 무슨 일이 있었던 걸까요?

히슬라의 마음에 재미난 변화가 있었던 모양이에요.
아무래도 접시가 그동안 즐거운 이야기를 많이 해 준 것 같아요.

그녀의 방 곳곳에 붙은 사진들을 보세요.

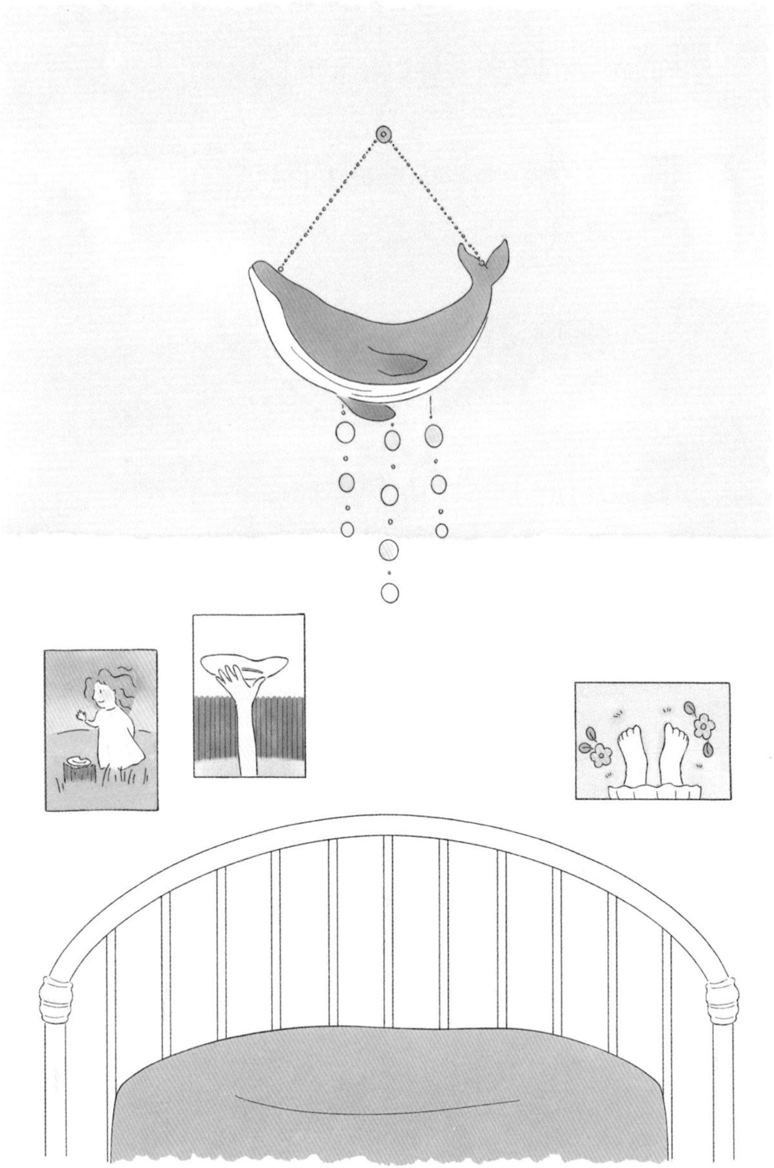

여기, 결혼식장에 가서 찍은 사진도 하나 붙어 있네요.
하슬라가 밖에서 찍은 사진을 붙여 놓다니,
정말 놀랄 일이에요.

## 65

지나간 시간은 하슬라의 라디오에도 흔적을 남겼어요.

얼마 전부터 라디오에서 잡음이 계속 들렸어요.

하슬라는 그의 몸을 두드려 보기도 하고 거꾸로 뒤집어도 봤지만, 라디오는 제 몸이 늙어서 그런 거라 마땅히 고칠 방도가 없을 거라고 했어요.

얼마 안 가, 라디오는 완전히 먹통이 되었어요.

그는 더 이상 하슬라에게 바닷소리를 들려줄 수 없었어요.

## 66

라디오가 완전히 은퇴를 선언하던 날, 하슬라는 그에게 멋진 은퇴식을 열어 주었어요. 집에 있던 물건들이 하슬라의 방으로 옹기종기 모였어요.

하슬라는 물건들을 초대할 때, 이렇게 말했어요.

"너희들을 파티에 초대하고 싶어."

식탁에 있던 화병이 그녀에게 물었어요.

"파티엔 뭐가 있는데?"

파티의 주최자인 소녀가 잠시 고민하다가 말했어요.

"아마도 조금의 뿌듯함이 제공될 거야. 직접 만든 음식이라도 내어 주고 싶지만 먹을 수 없을 테니, 내가 너희에게 약속할 수 있는 건 그것뿐이야."

화병이 부드럽게 대답했어요.

"하슬라, 물건들에게 가장 소중한 느낌이야. 그거면 충분해."

모두가 모인 앞에서 하슬라는 라디오에게 직접 만든 상장을 건넸어요. 상장엔 '이 집에서 가장 멋진 라디오 상'이라고 쓰여 있었어요. 라디오에게 리본도 붙여 주었어요.

접시와 다른 물건들은 환호했어요.

하슬라는 라디오의 안테나를 곱게 접고 이렇게 말했어요.

"그동안 정말 수고 많았어. 정말 정말 고마워."

라디오가 마지막으로 사람들의 웃음소리를 짧게 들려주었어요. 그녀의 말에 대한 대답이었어요.

라디오는 은퇴 기념으로 수영을 하고 싶다고 말했어요.

하슬라는 라디오를 들고 마당으로 가서, 수돗가에 물을 가득 받아 주었어요. 그리고 페트병을 엮어 만든 튜브 위에 라디오를 올려 주었어요.

그리고 그녀는 이렇게 말했어요.

"라디오야. 실례되는 말일지도 모르지만, 너의 은퇴가 나에게는 새로운 시작이 될지도 모르겠다는 생각이 들어."

라디오는 어쩐지 그 말이 섭섭하기보단 기쁘게 들렸어요. 왜냐면 낡은 밤색 중절모가 마티스에게 그랬던 것처럼, 라디오도 하슬라가 가장 중요했으니까요.

"하슬라, 네게 기쁜 일이라면 내게도 기쁜 일이야." 라디오가 답했어요.

마당 울타리 너머에서 동네 아이들의 웃음소리가 들려왔어요.

예전엔 울타리 바깥에서 나는 소리가 안으로 넘어오면, 하슬라는 듣고 있던 라디오에 이어폰을 연결해서 귀에 꽂은 채 데시벨을 높였어요. 하지만 이젠 라디오가 고장 났으니 그럴 수 없었어요. 하지만 아이들의 웃음소리를 듣는 하슬라의 눈빛이 더 이상 불안하게 흔들리지 않았어요.

하슬라는 라디오의 은퇴에 슬퍼하면서도 마음 한편에 후련함을 느꼈어요. 그녀는 자기가 오랫동안 라디오에게 미루고 맡겨두었던 일이 있었다는 걸 알게 되었어요.

# 67

다음 날, 하슬라는 마당으로 나갔어요. 접시가 거기 있었거든요. 그는 마당에서 하늘을 구경하던 중이었어요.

접시는 다가오는 소녀를 봤어요.
눈동자가 제법 단단해 보였어요.

하슬라가 접시 앞으로 와 말했어요.

"접시야, 우리 여행 갈래?"

## 68

“이젠 갈 수 있을 것 같아.” 하슬라가 말했어요.

소녀의 눈동자 안에 자리했던 여린 샘은 어느새 차올라 호수가 되었어요.

접시는 얕게 패인 제 몸처럼 기쁜 미소를 지었어요. 오랜만에 알렉스가 불쑥 튀어나와 그의 몸 위에서 춤을 췄어요. 상상 속의 알렉스는 봄처럼 밝은색 양복을 입은 모습이었어요.

둘은 이미 알고 있었어요.

어디로 가야 할지를 말이에요.

하슬라의 마음에도 알렉스처럼 춤을 추는 이가 있다면, 지금 그의 발이 어디를 향하고 있을지를요.

접시가 그곳을 떠올리며 말했어요.

“네가 처음 그와의 첫인사를 얘기해 주었을 때부터 늘 궁금했어. 그가 어떻게 생겼을지, 또 내겐 어떻게 인사를 건네 올지 말이야.”

# 4장

## 69

"조심해야 돼."

"정말 조심해야 돼."

"아무리 생각해도 조심해야 돼."

"차 조심하고 사람 조심하고 또 뭐가 있지? 독버섯 조심하고 맨홀 뚜껑 조심하고."

방 안의 물건들은 하슬라가 여행을 간다는 이야길 듣고, 돌아가며 그녀에게 한마디씩 했어요. 아무래도 걱정이 많이 되는 모양이었어요.

침대도 한마디 거들었어요.

"밖에 잘 데가 어디 있다고. 혹시나 돌 위에선 자지 마. 허리 많이 아플 거야."

하슬라가 필요한 물건들을 배낭에 챙기며 대답했어요.

"응, 알겠어."

옷장은 하슬라와 함께 여행할 카메라에게 말했어요.

"정신 똑바로 차려야 해. 하슬라는 네가 지키는 거야. 수상한 녀석이 보이면 일단 찍어 두라고. 증거가 될 수 있으니까 말이야. 알아들었어?"

카메라가 지겹다는 말투로 대답했어요.

"알겠어. 그만 얘기해도 돼. 그 말만 마흔 번째야."

## 70

하슬라는 제 몸보다 커다란 배낭을 메고 방을 나섰어요.

하슬라는 접시를 어디에 담을까 고민하다가, 바깥이 잘 보이는 그물 가방에 담아 어깨에 멨어요. 옷도 칭칭 감아서 입은 그녀의 모습이 뒤에서 보나 옆에서 보나, 살이 토실하게 오른 한 마리의 곰 같았어요.

하슬라가 나간다는 말에 엄마가 기절하고 말았어요. 하슬라는 집으로 의사 선생님을 불러, 엄마가 링거를 맞는 모습을 보고 나서야 집을 나설 수 있었어요. 엄마와는 하루에 한 번씩은 꼭 통화하기로 약속했어요.

## 71

하슬라의 두 발이 마당 울타리 앞에 섰어요.

장갑 낀 손이 떨렸어요.

한 걸음, 한 걸음,

떨리는 발걸음을 내디뎠어요.

이윽고 울타리를 넘어 땅을 밟았어요.

접시는 소녀의 발걸음이 눈부셔서 볼 수 없었어요.

72

하슬라는 오랜 기억을 더듬어 바다로 가는 기차역으로 갔어요.

하지만 기차역은 폐쇄되었고, 낡은 건물만 남아 있었어요. 기차가 운행을 멈춘 지도 오래돼 보였어요.

둘은 버려진 기찻길을 따라 걷기로 했어요.

기찻길 옆으로 펼쳐진 풀밭에 때맞춰 핀 유채꽃이 가득했어요.

어린 풀들이 다리를 스칠 때마다, 하슬라도 긴장이 조금씩 풀어지는 걸 느꼈어요.

풀들도 오랜만에 길을 지나는 여행자를 환영했어요. 그들은 제법 실력이 좋은 노래꾼들이었어요. 서로 높낮이가 다른 음으로 함께 노래했는데, 꼭 유명한 아카펠라 그룹을 보는 듯했어요. 풀들은 낯선 여행자를 환영하는 축배를 드는 대신 꽃가루를 공중에 날렸어요.

73

하슬라와 접시는 오래도록 철길을 따라 걸었어요(실은 하슬라가 걷고 접시는 그물 가방 안에서 그녀를 응원했어요). 하루, 이틀 그리고 사흘, 기찻길은 끝없이 펼쳐졌어요. 나흘째가 되어서야 둘은 철길을 벗어나 언덕길을 올랐어요.

언덕에 나무 두 그루가 보였어요. 호탕한 은행나무와 그 옆에 늙은 고목이었어요. 밑동밖에 남지 않은 늙은 고목은 조금 투덜거리는 성격이었지만, 앉았다 가라며 제 몸을 내주는 걸 보면 그리 쌀쌀맞은 성격은 아닌 듯했어요.

하슬라는 접시를 따라 나무와 인사했어요.

접시는 은행나무 잎을 볼 때마다 예쁜 냅킨이나 펄럭이는 치맛자락을 떠올렸어요. 고목은 자신이 새싹이었을 때부터 고목이 될 때까지의 이야기를 늘어놓았어요. 그의 이야기가 철길처럼 늘어져만 가는데, 마침 하슬라의 배에서 꼬르륵 소리가 났어요. 가방에 남은 도넛이 있었지만, 둘은 먹을 걸 찾아보기로 하고 이만 길을 나섰어요.

그날 밤, 하슬라는 근처에 보이는 제일 큰 나무 아래로 갔어요. 굵직한 뿌리 틈에 몸을 누이고 담요를 꺼내 덮고 잤어요. 아침이 되었을 때, 그녀는 너무 놀라 얼음이 되고 말았어요. 누군가 커다란 눈을 깜빡이며 머리 위에서 그녀를 내려다보고 있었거든요.

순간 하슬라는 후추 스프레이를 뿌릴까 아니면 고춧가루를 뿌릴까 생각했지만, 자세히 보니 일곱 살도 안 되어 보이는 어린 소녀였어요.

"밀크티를 본 적 있어?" 어린 소녀가 명랑하게 물었어요.

놀라 얼어 버린 하슬라 대신, 접시가 대답했어요.

"밀크티라면 홍차 섞은 우유를 말하는 거야? 뷔페에 있을 때 누군가 밀크티가 담긴 컵을 내 위에 올려 놓은 적은 있어. 하지만 보다시피 나는 접시라서, 홍차를 내 몸에 따라 마시긴 어려울 거야."

"아니 그 밀크티 말고, 저기 마당에 묶여 있던 양 말이야." 어린 소녀가 집게손가락을 뻗어 어느 한 곳을 가리켰어요. 하슬라와 접시가 잠을 청했던 나무 바로 뒤편이었어요. 그곳엔 낮은 울타리로 둘러싸인 집 한 채가 보였어요. 마당 한편에 말뚝이 있었는데, 기다란 줄이 덩그러니 말뚝에 묶인 채 늘어져 있었어요.

하슬라와 접시는 소녀와 함께 밀크티라는 양을 찾아다녔어요.

"저기 있다!"

이 말을 외친 건 어린 소녀였어요. 사실 접시는 양이 무엇인지 몰랐고 하슬라는 먼저 봤지만 말을 꺼내지 못했거든요.

양은 멀지 않은 언덕 아래에서 풀을 뜯고 있었어요. 양은 온몸이 베이지색 곱슬한 털로 뒤덮여 있었고, 이마 위로는 둥글게 말린 두 개의 뿔이 나란히 자리했어요.

어린 소녀가 접시에게 물었어요.

"밀크티랑 인사할래?"

"응, 너무 좋아." 접시가 답했어요.

소녀는 밀크티라 부르는 양의 코앞으로 접시를 내밀었어요.

밀크티가 코를 내밀고 접시의 냄새를 맡았어요. 그의 콧물이 접시에 묻었어요.

"아, 안녕, 밀크티." 접시는 처음 보는 양 앞에서 바짝 긴장한 채로 인사말을 건넸어요. 밀크티가 접시를 살짝 핥더니 이내 흥미를 느끼지 못하고 다시 풀을 뜯어 먹었어요.

접시는 어린 소녀에게 속삭이며 물었어요.

"그런데 왜 이름이 밀크티야?"

"그건 만져 보면 알게 될 거야." 소녀는 이렇게 말하고는 양에게 손을 살짝 내밀며 물었어요. "괜찮지, 밀크티?"

밀크티는 괜찮다는 듯 소녀의 손가락을 핥았어요.

어린 소녀는 밀크티의 등에 접시를 가만히 올려 주었어요. 털 아래 맴도는 따뜻한 체온이 접시에게 와 닿았어요.

"여기도 한번 만져 볼래?"

소녀는 접시를 밀크티의 뿔에 조심스레 가져다 댔어요. 조금 있으니 뿔에서도 따뜻한 온기가 전해졌어요. 뜨겁지 않고 포근했어요.

"복슬복슬한 털도, 딱딱한 뿔도 모두 따뜻해." 접시가 말했어요.

"역시 그렇지? 털은 맑게 탄 홍차색이고, 온몸이 데운 우유처럼 따뜻해서 이름이 밀크티야." 어린 소녀가 말했어요.

접시는 소녀의 손을 빌려 밀크티를 쓰다듬으며 생각했어요.

'양은 귀여워서, 바라보기만 해도 기분이 좋아져.'

# 74

하슬라도 쭈뼛거리며 밀크티의 털을 만져 봤어요.

어린 소녀가 하슬라에게 말을 걸었어요.

“언니, 그 모자 어디서 샀어?”

하슬라는 기다란 챙모자를 쓰고 있었어요. 밖에서 사람을 만난 게 너무도 오랜만이었기 때문에 굳은 채로 대답했어요.

“왜, 왜?”

“멋져서. 그걸 쓰면 챙이 길어서 아침저녁에도 눈을 찡그리지 않고 밀크티를 산책시킬 수 있을 것 같아.”

소녀는 자기가 쓰고 있던 챙이 짧은 밀짚모자 끝을 만지작거렸어요.

하슬라가 아직 굳은 채로 말했어요.

“이거 못 사. 내가 만든 거야.”

소녀가 아쉬운 목소리로 대답했어요.

“응, 그렇구나.”

어린 소녀와 헤어지기 전, 하슬라는 쓰고 있던 모자를 벗어서 소녀에게 건넸어요.

"모자의 그늘이 내겐 이제 너무 길거든."

어린 소녀가 기뻐했어요.

"고마워, 언니. 최고의 선물이야. 나보다 밀크티가 더 기뻐할 거야. 더 자주 산책할 수 있게 되었으니까."

어린 소녀도 쓰고 있던 밀짚모자를 벗어서 건네며 말했어요.

"그래도 정오의 햇빛은 가리는 게 좋아."

"응."

하슬라가 무뚝뚝하게 대답했어요.

접시는 그들을 바라보며 생각했어요.

'역시 어린아이들은 멋진 파트너가 되어 준다니까!'

# 75

하루는 비가 내리다가 그친 흙길에 물웅덩이가 생겼어요. 웅덩이에 모인 빗물들은 간만에 땅에 자리를 잡아 주변을 구경했어요. 그들은 흙냄새도 오랜만에 맡아 보고, 풀들과 대화도 나누었어요. 하슬라가 햇볕에 옷을 말리러 간 사이, 접시는 물웅덩이에 말을 걸었어요.

"흙냄새가 나는 당신들도 바다를 알고 있나요?"

"바다라면 우리가 떠나 온 곳이기도 하고, 곧 우리가 갈 곳이기도 해요."

"이곳에서 바다는 먼가요?"

"구름에 실려서 꽤 오래 왔으니, 멀다고 말할 수 있겠네요."

"여러분이 알고 있는 바다에 대해 조금 더 이야기해 줄 수 있나요?"

빗물들은 재미있는 친구를 만났다고 생각했어요.

"우리를 가득 모아 놓으면 바다와 닮았을 거예요." 그들은 허풍이 조금 있었어요.

"이 웅덩이도 바다와 다를 바 없으니 우리를 바다라고 불러도 좋아요. 물은 자신을 따로 규정해 두지 않으니까요. 우리는 하늘과 바다를 번갈아 떠다니죠. 재미있는 일이에요. 오랜만에 웅덩이가 되어 이곳에 머무니 신선한 풀냄새가 좋은걸요. 작은 애벌레들도 오랜만이고요."

오랜만에 땅에 머물게 된 빗물들은 바다 이야기를 하다가 자연스럽게 관심이 더 많은 땅의 이야기를 했어요. 그들은 바다와 같은 물이었지만, 그곳에서부터 멀리 떨어져 오는 동안 바다에 대한 기억이 가물가물해져 있었어요.

그때 웅덩이 옆에 떨어진 빗방울 하나가 접시에게 말했어요.

"바다는 드넓게 펼쳐져 있으니 네 몸에 꼭 맞을 거야. 두 팔을 환하게 벌리고 있는 너를, 바다도 기쁜 마음으로 안아 줬으면 좋겠구나."

## 76

날은 점점 더워졌어요. 지나는 길마다 나무가 울창해지고 땅에서 우는 벌레들도 부쩍 많아졌어요. 어느덧 여름이었어요.

하슬라는 꽁꽁 싸매고 있던 옷가지를 하나둘씩 벗었어요. 그녀가 처음 집을 나설 때 (곰처럼) 두르고 있던 옷을 그대로 입고 길을 걷는다면, 견딜 수 없이 더울 것이었어요. 아마 그녀는 찜기 속 만두처럼 익어 버릴지도 몰랐어요. 하나둘 벗어 놓은 옷가지 때문에 배낭은 곧 터질 것 같았어요.

대신 하슬라는 자기가 가지고 있는 걸 길에서 만난 이들에게 하나둘 건넸어요.

계피 향 스프레이는 벌레를 싫어하던 남자아이에게,
머플러는 목이 길어 추운 개에게,
바지와 외투는 이제 막 들판에서 태어난 강아지들에게,
약은 또 다른 여행자에게.

나무에 옷가지를 엮어 그네를 만들어서 근처에 사는 아이들에게 선물하기도 했어요.

점차 가방이 가벼워졌어요.

문득 모든 것이 두려워질 때면, 그녀는 접시를 가슴에 안았어요.

## 77

어느 날 하슬라가 배낭을 옆에 두고 풀 위에 누웠어요. 코끝에 선선한 공기가 지나고 있었어요.

접시도 그녀 옆에 밑동을 대고 앉아 하늘을 바라보았어요. 추억이 구름에 비춰 떠올랐어요. 흘러가는 구름을 바라보던 접시가 말문을 열었어요.

"이렇게 풀 위에 누워서 하늘을 바라보고 있으니까, 내가 꼭 풍경을 담고 있는 접시가 된 것만 같아. 문득 네가 날 안고 있을 때면, 널 담은 접시가 되었다는 착각이 들기도 해. 물론 정말로 너를 음식처럼 담는다면 그 모습이 꼭 파스타가 흘러넘친 것처럼 보이겠지만 말이야."

접시는 단팥빵을 닮은 구름을 바라보며 말을 이어 갔어요.

"요즘 이런 생각을 해. 오늘 하루는 누굴 만나게 될까, 또 무얼 보고 만지게 될까, 그들은 어떤 냄새를 가졌을까. 나는 또 무얼 담게 될까, 하고 말이야.

하슬라, 이제껏 너와 지나온 수많은 장면이 뷔페처럼 내 안에 가득해. 요리가 담겨 있던 자리엔 요리 대신 너와의 추억이 담겨 있어. 나는 그 기억 중 가장 맛있는 부분을 한 입씩 떠먹어. 매일 매일 추억을 한 그릇씩 먹는 거야.

아침이 되면 상상 속에서 알렉스가 춤을 추면서 날 깨워. 그리고 밤이 되면, 난 깨졌던 가장자리를 꼬집어 보는 상상을 해. 이 모든 게 꿈이 아닐까, 하고 말이야. 실은 꿈이 아니라는 걸 자꾸만 확인하고 싶어서 꼬집어 보는 거야. 그걸 느낄 때마다 기쁨이 초콜릿 퐁뒤처럼 쏟아지거든."

하늘을 바라보고 누운 둘에게 햇살이 쏟아졌어요. 하슬라는 잠시 모자를 벗어 햇살을 그대로 맞았어요.

## 78

어느새 그물 가방에 담긴 접시의 가장자리와 하슬라의 코끝에 옅은 소금기가 맴돌았어요.

둘은 키가 큰 소나무 숲에 도착했어요. 기다랗게 늘어선 소나무 길을 가로지르는 동안, 접시는 자유롭게 자란 소나무들의 모양새를 보고 마음이 기지개를 켜는 걸 느꼈어요.

## 79

이윽고 소나무를 등지고 해변으로 들어섰어요.

시야를 가리던 모든 것이 사라졌어요.

둘 앞에 펼쳐진 건
사람의 발자국과 바람이 길들인 모래땅,
찰랑이며 부드럽게 땅을 치대는 커다란 물결,
투명하리만치 파란 하늘이었어요.

햇살은 물결 위에 부서져 은빛 조각으로 떠다녔어요.

파도가 치며 바람이 일었어요.

바람은 모래 위로 불어와 둘에게 닿았어요. 짙은 소금기가 맴돌았어요.

하슬라는 두 눈에 물결을 담으며 말했어요.

"정말 도착했어. 바다야."

# 80

하슬라의 곁을 부드럽게 지나던 바람이, 그녀의 온몸 깊이 스며들 듯 세게 불어왔어요.

하슬라는 그물 가방 안에서 접시를 꺼냈어요. 접시가 날아가지 않도록 힘껏 움켜쥐었어요. 그가 온몸에 바람을 담을 수 있도록 머리 위로 들어 올렸어요.

이내 접시의 몸이 지평선과 마주했어요.
둘은 꼭 맞았어요. 마치 접시가 바다를 담은 것처럼 보였어요.

그의 가장자리마다 바람이 싣고 온 소금기가 짙어졌어요.

## 81

접시는 바다가 정말 멋지다고 생각했어요. 멀리 내다보이는 물결이 사람들의 피부에 그려진 주름처럼 보였거든요.

광활한 바다에 그려진 주름이 마티스의 온몸에 있는 그것보다 아니, 이제껏 봐 왔던 수많은 사람의 것과 나무들의 나이테를 모두 합친다 해도 그보다 많을 것이었어요.

게다가 바다는 제 살결 위로 끊임없이 새로운 그림을 그려 냈어요. 그 움직임은 영원히 멈추지 않을 것 같았어요.

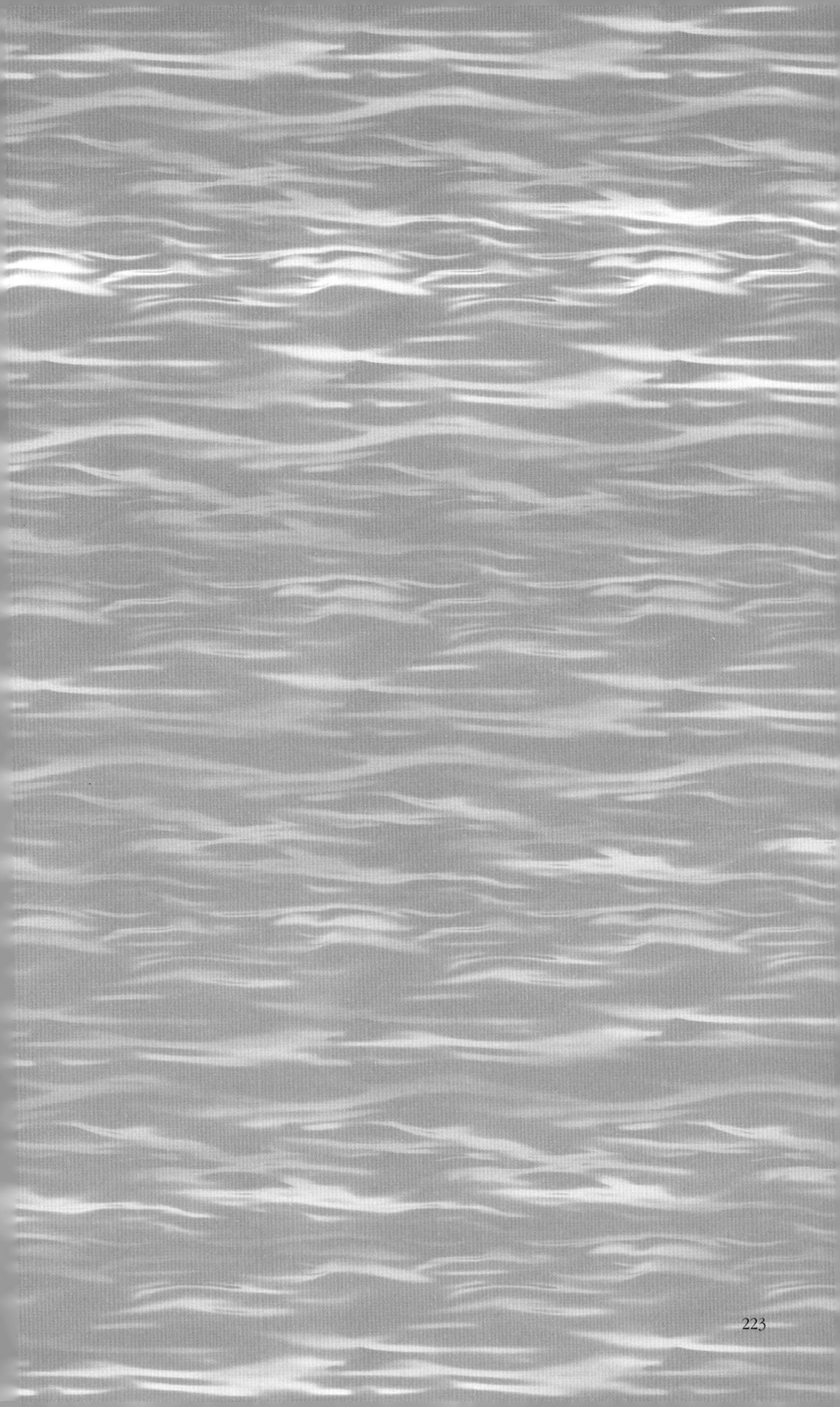

## 82

“직접 보니 어때?”

“상상했던 대로야.”

“멋지다는 거네.”

## 83

바다를 바라보던 하슬라의 코끝이 어느새 빨개졌어요. 추워서 그런 건 아닌 것 같았어요. 하슬라는 바짓단을 말아 올리고 조금씩 바다에 다가갔어요.

그녀의 두 발 위로 잔잔한 파도의 끝자락이 닿았어요.

바다는 먼 비행을 마치고 돌아온 새를 맞이하듯, 나직한 목소리로 그녀를 맞이했어요.

"바닷새들이 돌아오듯, 너도 돌아왔구나."

바다의 목소리는 깊은 동굴 안에서 울리는 듯했어요.

파도는 연거푸 그녀의 발끝에 닿았다가 물러나길 반복했어요.

하슬라는 제 발끝에서 어둠이 마저 씻겨 내려가는 걸 느꼈어요.

접시는 바다와 처음 만나는 처지였기에, 하슬라에게 자신을 해변 끝에 놓아 달라고 말했어요. 접시도 바다와 천천히 인사를 나누고 싶었어요.

바다는 파도를 타고 접시에게 천천히 다가왔어요.

해변 위로 파도가 부서지며 생긴 거품 조각이 접시에 닿았어요. 거품은 완전히 부서지지 않은 채 접시의 끝에 머물러 다음 파도가 올 때까지 기다려 주었어요. 바다의 배려는 아주 사소해 보여서 하마터면 접시가 알아차리지 못할 뻔했어요.

'내가 움직일 수 있었다면 나는 바다에게 다가가는 행운을 누렸을 거야. 하지만 움직일 수 있었기 때문에 성급했을지도 몰라. 바다가 날 받아들이기 전에 이미 바다에게 도착했겠지. 그러면 파도는 놀라 뒷걸음질 쳤을지도 몰라. 누군가 내게 다가오는 모습을 바라볼 수 있는 건 내게 주어진 행운일 거야.'

접시는 다가오는 파도에 대고 말했어요.

"당신이 다가오는 만큼 나를 안을 수 있어요. 당신의 속도로 나에게 오세요. 천천히 와도 좋아요. 그렇게 서서히 그리고 조금씩 서로에게 물들어 가요."

접시는 자신을 향해 쉼 없이 인사하는 파도를 보느라 눈이 멀지경이었어요. 겹겹이 쌓여 있는 파도는 살아 있는 크루아상 같았어요. 제각기 다른 리듬으로 다가와 인사한 뒤 부서져, 거품이 되기를 쉬지 않았어요.

"하슬라, 파도가 남긴 거품은 마치 어린아이의 콧물 같아. 기분 나쁘지 않은 여린 끈적함이야. 모든 움직임이 놀라워. 가장 밑에서 부서지는 파도의 겸손한 인사를 봐."

접시와 바다는 그렇게 첫인사를 나누었어요.

바다도 그가 마음에 들었어요. 그도 그럴 것이, 자신을 황홀하게 바라봐 주는 상대를 싫어할 존재는 없을 거예요.

## 85

이내 바다는 파도로 접시를 꿀꺽 삼켰어요. 바다는 물방울 가득한 몸으로 접시를 빈틈없이 꼭 안아 주었어요. 접시는 파도를 타고 바닷속을 이리저리 떠다녔어요. 그는 물 안에서 손발을 가진 듯 자유로웠어요. 마치 심장을 가진 것만 같았어요.. 그는 흙으로 빚어진 제 몸이 모두 닳아 없어질 때까지 파도와 함께 춤출 수 있다면 좋겠다고 생각했어요.

## 86

센 파도가 부서지며 하슬라의 종아리에 바닷물이 튀었어요.

이내 하슬라는 활짝 웃으며 파도를 따라 더 깊은 쪽으로 들어갔어요.

파도도 조금 더 높아졌어요.
하슬라는 파도의 리듬을 따라 발장난을 쳤어요.

바다와 하슬라는 마치 서로를 밀고 당기는 놀이를 하는 것처럼 보였어요.

어느새 하슬라는 움켜쥐고 있던 바짓단마저 모두 적신 채 환하게 웃었어요.

해변에 앉아 그 모습을 바라보고 있던 접시는 그녀가 그토록 행복하게 웃는 모습을 처음 봤어요. 연필이든 물감이든 무엇으로든 그녀의 모습을 남겨 놓고 싶었어요.

다행히 하슬라가 챙겨 온 카메라가 그 순간을 놓치지 않고 찍어 두었어요. 카메라는 하슬라의 물건들에게 이 사진을 보여 주고 칭찬받을 생각에 벌써 뿌듯했어요.

## 87

바다와 놀다 보니 어느덧 해가 지고 있었어요.

하슬라는 접시를 안고 해변에 앉았어요. 둘은 바다 위로 기울어지는 해를 보았어요.

붉게 익은 하늘을 따라, 바다도 점차 붉어졌어요.

접시는 그 언젠가 뷔페에서 만났던 손님을 떠올렸어요. 그 손님은 말했어요. 푸른 바다를 물들이는 붉은 노을이 아름답다고 말이에요.

이제 접시는 이해할 수 있었어요. 그 손님의 눈빛이 무엇으로 그렇게 차오를 수 있었는지를요.

접시는 느낄 수 있었어요. 그때의 손님이 그랬던 것처럼, 지금 제 몸에 가득 담긴 것들을요. 하슬라의 깊은 미소와 소금기 어린 그녀의 팔에 맞닿은 부드러운 감촉, 게걸음처럼 제게 다가와 인사하던 바다와 칠리소스처럼 주변을 한없이 물들이는 태양까지 말이에요.

"살아 있는 크루아상을 물들이는 토마토가 정말 아름다워."

접시의 말에 아름다움이 잔뜩 담겨 있었어요.
그리고 그는 말했어요.

"당신들은 정말 아름다워요, 내 눈앞의 모두요."

# 88

접시가 하슬라에게 물었어요.

"나는 너에게 좋은 접시야?"

하슬라가 대답했어요.

"아니."

접시가 놀라 물었어요. "아니라구?"

하슬라는 딱 잘라 말했어요.

"너는 내게 좋은 접시가 아니야."

접시는 혼란스러웠어요. 만약 그가 나무였다면, 지금 이 순간 이파리를 모두 떨어뜨릴지도 몰랐어요.

"너는 내게 좋은 친구지."

접시가 되물었어요.

"친구?"

"그래, 친구." 하슬라가 웃었어요.

"친구."

접시는 이 말을 따라 하며 마티스와 그의 모자를 떠올렸어요. 둥근 제 몸처럼 미소가 지어졌어요.

뷔페 접시

**초판 1쇄 발행** 2024년 1월 30일
**초판 2쇄 발행** 2024년 5월 30일

**글·그림** 이다감
**펴낸이** 서재필
**책임편집** 김현서

**펴낸곳** 마인드빌딩
**출판등록** 2018년 1월 11일 제395-2018-000009호
**전화** 02)3153-1330
**이메일** mindbuilders@naver.com

달로와는 마인드빌딩의 문학 브랜드입니다.

**ISBN** 979-11-92886-43-5 (03810)


• 이 도서는 한국출판문화산업진흥원의 '2023년 중소출판사 출판콘텐츠 창작 지원 사업'의 일환으로 국민체육진흥기금을 지원받아 제작되었습니다.